泣きたい午後のご褒美

青山美智子
朱野帰子
斎藤千輪
竹岡葉月
織守きょうや
小川糸

ポプラ文庫

泣きたい午後のご褒美《ほうび》

目次

サロンエプロン

青山美智子

青山美智子（あおやま・みちこ）

1970年生まれ。デビュー作『木曜日にはココアを』で宮崎本大賞、『猫のお告げは樹の下で』で天竜文学賞を受賞。『お探し物は図書室まで』『赤と青とエスキース』で本屋大賞2位。他の著書に『鎌倉うずまき案内所』『ただいま神様当番』『月曜日の抹茶カフェ』『いつもの木曜日』『月の立つ林で』『リカバリー・カバヒコ』『人魚が逃げた』など多数。最新刊は田中達也氏との共著『遊園地ぐるぐるめ』。

白いシャツには、しっかりアイロンをかけてある。

ズボンのプレスも怠《おこた》らず、靴の先もぴかぴかだ。ぴょんと立った寝ぐせだって、ちゃんとなおしてきた。

それまで客のひとりとして来ていたカフェで働き始めて一ヵ月。

どこかクラシックなこの人気店は、僕の憧れの職場だった。開店前の準備には余裕を持って臨みたい。

まだいささかの緊張は抜けず、ロッカールームで袖《そで》のボタンを留めながら、僕はちょっとだけ息をついた。

僕よりも先に来て身支度を整えていた先輩が、ロッカーの扉を閉めながら言った。

「仕事はもう慣れた？」

「あ……はい」

僕が答えると先輩は「そう」とほほえみ、腰に巻いたサロンエプロンの紐を手際よく結んだ。

ショート丈《たけ》のサロンエプロンは無地のシックな深緑色で、この装いのおかげでカフェ全体の雰囲気がぐっとエレガントになる。初めて見たときから、僕はこの店の「制服」がとても気に入っている。

はい、と答えたものの、僕は少しうつむいてしまった。

メニューはすべてそらで言えるほど覚えたし、グラスの水をおいしそうに注いだり、できるだけ音を立てずにお皿を置くこともできるようになった。「いらっしゃいませ」「ありがとうございました」の発声やお辞儀の角度だって、家で何度も練習している。

小さなミスを重ねながらも、だんだん褒められることも増えてきて、「慣れた」という意味ではそうかもしれない。

だけど。

だけど僕には何かもうひとつ、カフェ店員として欠けているような気がするのだ。

「ていねいだし、笑顔がいいよね。頼りにしてるよ」

先輩はそう言ってくれたけど、僕は素直にうなずけない。いつもさりげなく僕をフォローしてくれる先輩は、見習いたいところばっかりだ。やわらかなのに凜《りん》としていて。聡明さの中にユーモアセンスがあって。

僕は思わず心をこぼす。

「でも……僕には、なんだか足りないものがある気がして。やるべきことをただ正確にこなすだけじゃなくて、何かもっと……」

自分の気持ちを上手に伝えることができない僕に、先輩がひとりごとのようにつぶやいた。

「……カフェっていうのは、ファンタジーなんだ」

「え？」

顔を向けた僕に先輩は目を合わせ、あらためてはっきりとこう言った。

「カフェっていうのはね、恋にあふれたファンタジーワールドなんだよ」

僕が言葉を返せずにいると、先輩は「先に行ってるよ」と軽やかにドアを開けて出て行った。


恋？

僕は戸惑ってしまった。

そもそも、恋って。

恋って、どんなものだっけ？

僕はズボンのポケットからスマホを取り出し、ネットアプリを立ち上げた。

検索窓に「恋」と打ち込んでみる。

言葉の意味は、辞書のサイトですぐに現れた。

「人、土地、植物、季節などに、特別の愛情を感じて思い慕うこと」

思い慕う。

……って、どういう意味だったかな。

なんとなくわかっているような、だけど自分ではうまく説明できないような言葉が、この世にはたくさんある。

僕は再び、スマホの画面を人差し指で叩《たた》く。

「思い慕う」とは。

しかし、弾き出された言葉を見て、僕はちょっと脱力した。

「恋しく思うこと」

ううむ。僕は頭を抱える。

まるで、壁打ちをしたボールが跳ね返ってきたみたいだ。

ああ、だけど、待てよ。僕はぐるっと頭を回す。
人、土地、植物、季節。
誰かに対してだけじゃない、目に映るどんなことにも抱けるものなんだ、恋って。

ドアの向こうにある、店内の風景を思い浮かべてみる。

テーブルの端に活けた小さな花。
揃《そろ》いのカップとソーサー。
あたたかな飲み物、繊細なスイーツ。
「特別な愛情」という意味で言えば、僕はこの店に恋しているかもしれない。
働いていることに誇りすら感じるこのカフェで、提供できること——。
寒い冬には暖を、暑い夏には涼を。
喉《のど》の渇きを潤《うるお》し、空腹を満たす充足を。
座り心地の良い椅子《いす》を。磨き抜かれた窓を。
誰かと楽しく話せる場所を。ひとりになれる空間を。

考えてみればカフェって、先輩が言うようにファンタジーワールドだ。

日常から少し離れたところにある、願いが叶う不思議な世界。


じゃあ、「ファンタジー」とは？

僕は懲《こ》りずに、またスマホに目を寄せ言葉を入れる。

画面に触れた手のその先に、ぱっと答えが現れた。


「空想や想像力によって生み出された物語」


物語。

僕はスマホから顔を上げた。


そうだ、ここには必ずお客さんが……。

僕の思い慕うべき「人」がいる。

この世界にはいつだって、その時だけのその人だけの、いくつものオリジナルな物語《ファンタジー》があるのだ。

僕はそっと目を閉じて、想像した。


ちょっといいことがあったあなたに、祝福を。

落ち込んでいるあなたに、励ましを。

ノートパソコンを開いてお仕事しているあなたに、アイディアを。

慌ただしさの波に疲れているあなたに、くつろぎを。

それから、それから……。

差し出したいことはまだまだたくさんある。

そしてそれはファンタジーでありながら、日常に持ち帰ることのできるリアルへと変わっていくに違いない。


先輩に倣《なら》うように、身支度の仕上げにサロンエプロンの紐をきゅっと結ぶ。

それはまるで、自分に魔法をかけるスイッチみたいだ。

ロッカーの扉に備え付けられた鏡をのぞきこみ、僕はもうひとりの僕と目を合わせた。

僕は今日も、カフェに立つ。
背筋をしゃんと伸ばし、笑みをたたえ、この世界の一員になる。
ほんの少しの夢を、あなたと一緒に見たいから。

痛い人生設計を作る、
ルノアールで

朱野帰子

朱野帰子（あけの・かえるこ）

1979年東京都生まれ。2009年、『マタタビ潔子の猫魂』で第4回ダ・ヴィンチ文学賞大賞を受賞。18年に刊行した『わたし、定時で帰ります。』が大きな話題となり、ドラマ化される。他の著書に、同シリーズほか、『海に降る』『対岸の家事』『くらやみガールズトーク』など多数。『急な「売れ」に備える作家のためのサバイバル読本』などのセルフパブリッシングにも意欲的に取り組んでいる。

「痛い人生設計を作るよ！」

というＬＩＮＥメッセージが鹿島四子《かしまよつこ》ことヨンからきた。相変わらずわけがわからない。続けてこんなメッセージがきていた。

「喫茶室ルノアールの貸会議室に集合しよう」

「貸会議室？」と返すと「ルノアールには貸会議室がある」とまたきた。

すぐさま貸会議室のサイトのリンクが送られてきた。喫茶室ルノアールのほとんどは主要駅から徒歩五分くらいのところにある。マイ・スペースという名前で貸しだされている会議室は、たとえば十名まで利用可能な部屋だと一時間一千二百円くらいで借りられるらしい。十名で借りたらひとりあたま百二十円。条件はドリンクを頼むことくらいだ。事前にオーダーしておくと仕出し弁当まで出るようだ。

つい興味が湧いて、どんな会議室なのか検索してみた。ヨンが予約しようとしている会議室にはホワイトボードがある。必要なら有償でプロジェクターも貸してくれる。ただし地下にあることが多いのでＷｉ－Ｆｉは弱めだという口コミが多い。

「なんかよさそう」とＬＩＮＥすると「でしょ？　次の土曜の午後とかってひま？」と返ってきた。私も「空いてるよ」と返した。今はあまり仕事をしたい気分ではないのだ。

「じゃあ予約しちゃうね！」とか「モッカは中央線沿い住まいだよね。私は小田《おだ》急線《きゅう》沿い住まいだから新宿《しんじゅく》のルノアールでいいね？」とか「予約しましたー！」とか「部屋番号の書いてあるメールのスクショを送っとく」とか、ぴょこんぴょこん送られてくる。四十歳になってもフッ軽だ。

二〇〇〇年に私たちは都立高校に入学し、二年生のときに同じクラスになった。最初の席替えで前後の机になり、一緒にお弁当を食べる仲になった。どっちが誘ったのかは覚えていないが、机をくっつけて彼女が二段式のかなり大きなランチボックスを出して「自分で作った」と言ったので「へえ」と感心したのを覚えている。料理が好きではない母親に任せていると毎日そぼろ弁当にされてしまうので、自分で作ることにしたのだとも言っていた。

鹿島四子という、いかにも珍らしい名前を本人は気に入っていて「ヨンと呼んで」と自分から言ってきた。それから数年あと、彼女が大学一年生になった二〇〇三年に『冬のソナタ』が日本で放送された。主人公が恋する相手を演じた「ヨン様」ことペ・ヨンジュンのブームが起きていたときも、彼女はまったく気後れすることなく「ヨン様」と友人たちにふざけて呼ばれるたび、ドラマのなかでペ・ヨンジュンがやっているように両手を広げ、目を細めて微笑《ほほえ》んでみせていたらしい。「あなたの丸山元花《まるやまもとか》って名前、いいね」とヨンはお弁当を食べながら言った。そして「きっと何者かになる。そうなったときのために、いい呼び名をつけてあげる」

と頼んでもいないのに真剣に考えてくれた。そうしてついた呼び名が「モッカ」だった。「目下のところ、っていうじゃない？　そういうときくらいしかモッカって発音しないからいいけると思う」と彼女はしたり顔だった。

私たちは同じ私立大学を志望していた。模試ではヨンがA判定、私はB判定だった。だから一緒に受験して合格していれば大学も一緒だったかもしれない。

でも、大学受験の直前、ヨンの祖父の経営していた建築事務所が倒産した。共同経営者だったヨンの父も債権者に追われることになった。

それまでヨンは、神経質な父と折り合いが悪かった。「片付けが趣味で、私のアイドルのグッズを捨てろ捨てろと言ってくるのには閉口する」とぼやいていた。捨てたとうそをついて自分の机の奥にこっそり隠しておくのがせめてもの抵抗だとも言っていた。

だが、会社が倒産した後、ヨンのなかで父の評価は爆上がりしたらしい。家が差し押さえられ、親戚の家の離れを借りて住むことになるまでの経緯をドラマティックに語ったヨンは、「この苦境で家族を養おうとする姿に感動した」とルノアールのウィンナーコーヒーを飲みながら言っていた。

当時、というか今でもだが、ルノアールはおじさんが行くちょっと高級な喫茶店というイメージがあった。十分な小遣いをもらっていた私でさえ、マクドナルドでセットを注文できるようなお金を出して、コーヒーを飲むという感覚がわからなかった。でも、ヨンにとってルノアールは、幼いころに父に連れて行ってもらった憧れの喫茶店だったらしい。「ウィンナーコーヒーのクリームをもらったことがあって、それがふわっふわで、こんな希望に満ちた飲み物が他にあるのかなって思ったの」と言っていた。

ウィンナーコーヒーは普通のコーヒーよりもやや高い。バイトをして小遣いを稼がなければならなかったヨンにとってはかなりの出費のはずだった。でもヨンは「貧乏になっても貧乏人にはなりたくない」と言って意地になったようにルノアールに通い、たまに私をつきあわせた。

不況下といえども父のボーナスが減った程度だった私には「貧乏になっても貧乏人にはなりたくない」というヨンの言葉の意味がよくわからず、しかたなくクリームソーダを頼んで、一緒におしゃべりした。

「銀行ってところは、晴れの日に傘を貸して、雨の日に取り返しにくるんだって」とヨンはウィンナーコーヒーのホイップクリームをすくいながら言っていた。バブル景気のころはどの企業の業績も右肩上がりだった。銀行は融資をしたがっていた。ヨンの祖父と父の会社にまで押しかけてきてさらに業績が伸びるに違いないと説得して設備投資をさせた。だがバブルが崩壊すると鬼のような形相で取り立てにきたのだという。貸し剝《は》がしというやつだ。「まあしかたがない」とヨンは言った。「融資を受けるって決めたのはうちなんだから」

私よりも偏差値が高かったヨンは私大進学をあきらめ、その私大より難しい国立大学一本に絞って受験をし、みごと合格した。受験から帰ってきたヨンは「なんか男女比が偏ってて、男ばっかりなんだって。こりゃモテちゃうな！」ということをメールで熱心に伝えてきた。「ただし国立《くにたち》駅はうちから遠い、あと建物がボロボロ」とも送ってきた。一方、私は第一志望だった私大に進学した。「おめでとう！」とヨンは屈託なく祝ってくれた。

大学進学後はたまにメールする仲になった。それぞれに交友関係ができ、一年に一回居酒屋で会って、就活の愚痴《ぐち》をこぼしあい、ビールで乾杯して、成人したムードを共有する。その程度のつきあいしかしなくなっていった。大学卒業後はますます疎遠になった。

ヨンは化学メーカーの社員になったらしい。私も通信会社の社員になったが、一年で辞めた。派遣社員をしながら小説家をめざすことにしたものの、ヨンに報告はしなかった。「何者かになる」と言ってもらったのに、なれなかったら恥ずかしいからと思ったのかもしれない。前にやりとりしていたメールアドレスは今も生きているかどうかもわからない。残ったつながりは本名でやっていてほとんど開かない

Facebookだけ。

ヨンが結婚したらしいと人伝《ひとづて》に聞いたのは、小説家デビューが決まったころだった。しかも結婚したのは三年も前だという。式に呼ばれることもなかったし、Facebookを開いてお祝いのメッセージを送ることもしなかった。

小説家として、TwitterやInstagramの公式アカウントで新刊の告知をしたり、フォロワーが増えそうなツイートをしたりしているうちに私のFacebookは死んでいった。丸山元花という本名に私は距離を感じていった。そのうち、丸山元花のことも、丸山元花がつきあっていた人たちも、なんとなく煩《わずら》わしくなっていった。

二十八歳で飛びこんだ出版業界には、高学歴の編集者がたくさんいた。男性だけでなく女性もたくさんいた。フラットな世界なのだと最初は思った。

しかし、そうではなかった。

小説家になって十一年、なんとかかんとか食べていけるようになったころ、つきあいがある大手出版社の担当編集者が替わった。新しく来たのは「私は女子校出身なので」と枕詞のように言う女性だった。私立女子高校のことなのかなと思っていたら「女子高ではなく女子校です」と強めに言われた。中高一貫の女子校に通っていたという意味らしい。

私立でも公立でもどっちでもいいと思っていた。お金に余裕があれば私立が選択肢に入るし、ないなら公立に行く。そのくらいに思っていた。地方では公立のほうが難関だとも聞く。なので、「私は公立出身ですけど、公立もいいものですよ」と気軽に返してしまった。その編集者は眉を吊《つ》り上げて「そんなはずありません」と言った。え？　と思っていると彼女は言った。

「公立共学出身者には面白い女子なんていません」

え？　呆気《あっけ》にとられていると、彼女はさらに言った。

「社会に出てわかったんですが、優秀な女子はたいてい女子校出身です」

「そんなことはないと思いますが……」

言い返してくる私に教え諭すように、「教育レベルが低い公立共学に通わせるなんて親の努力不足です」と編集者は言った。

「でも私立にはお金がないと行けませんし」と私はなおも言い返した。

「でしょうね」とその編集者は言った。「だから世帯年収一千五百万円はないと子供を持つべきじゃないんですよ」

この話を、他社の編集者にすると「そんなことを作家さんに言うなんてどうかしてる」と驚かれた。聞けば、彼女は同業の編集者たちからも敬遠されているらしい。

「私も女子校行ってましたし、一生の友達はできたけれど、その人は極端ですね」

とも言っていた。「公立共学でも一生の友達はできますよ」と私が泣きそうになって言うと、他社の編集者は、「彼女、教育熱が高い地域に家を買ってから様子がおかしいんです」とも言っていた。

彼女の事情なんてどうでもいい。どうして公立と私立で序列をつけられなければならないのか。

だから例の編集者がまた「私は女子校出身なので」というトークをはじめたとき、私は言った。

「あなたが私立女子校の良さを語るのと同じくらい、私にだって公立共学校の良さを語る権利があると思うのですが」

意味がわからないという顔の彼女に、私は言った。

「公立共学校にも面白い女子はいますよ」

ヨンのことが頭に浮かんでいた。

勉強が好きな女子だったヨンが、祖父の会社が倒産したあともそのまま同じ高校に通い続けることができたのは公立だったからだ。私立なら転校になっていた。

だが編集者は不機嫌顔になった。

「どんな親もお金があれば私立中高一貫校を選択するはず。それが答えではないですか」

私は「上」で、お前は「下」なのだ、と言われた気がした。そして私は、その序列を受け入れざるを得なかった。取引がある大手出版社はここしかないし、仕事を発注する立場の彼女はクライアントだ。つまり「上」にいる存在だ。

売れない作家には販促費をかける余裕はないのでXと名を変えられたTwitterの公式アカウントで宣伝するようにと言われればそうしたし、文庫刊行用に書き下ろしをノーギャラで書いてくれと言われたときもうなずいた。私が素直なことに満足したらしいその編集者は、最上位機種のiPhoneでスノーピークのテントのなかで微笑む娘たちの写真を見せてくれた。

出す本はほとんど宣伝してもらえずに初版止まり。部数も三千五百部（定価一千八百円の本で印税率が十パーセントなら六十三万円もらえる、という部数）から伸びない。書店に入荷されても棚差しになり、客の目に留まることもなく、一ヶ月後には返本されるだろう。

健康保険料、国民年金、住民税の納付書が届くたびに、気分が悪くなった。節税に励み、ポイ活に励み、小説の内容を考えている時間よりも、どこからお金を絞りだそうかとばかり考える時間が増えていく。資料のための本も新刊で買えない。Amazonのマーケットプレイスや、メルカリで安く入手せざるをえない。

だがXを開いたら、例の編集者がみんなに呼びかけていた。「本は新刊書店で買うようにしましょう！　本づくりに携わる者として私はけして中古では買わないようにしています！」

私は「上」で、お前は「下」なのだ、とまた言われた気がした。

中古で買うのはそんなに悪いことなのか？　そう思いながらXを閉じようとしていたら、彼女がまた投稿していた。

「ブックオフで入手したり図書館で借りて読んだことを、作家さんに言うのも失礼です。まるであなたの小説にはお金を出す価値がないと言ったも同然です」

読んだ瞬間思った。

私の小説にお金を出す価値がないと思っているのはあなたではないのか。

不況と言われて久しいこの業界で、コストとしてまっさきに削られるのは作品の部数だ。一冊あたり六十三万円しかもらえないなら、年間五冊は書かなければ生活できない。刊行冊数を増やしていけば内容は薄くなっていく。一千九百八十円のNetflixで良質な映画やドラマを見放題の現代に、一冊あたり二千円近いお金を読者に払わせておいて、薄まったコーヒーみたいな内容しかないのでは、顧客離れは進む一方だ。業界全体が弱っていくだけではないか。

そのことを例の編集者に言ってみたこともある。しかし自分の仕事を批判されたと感じ、不快だったのだろう。攻撃的に言われた。

「いい人でいないと、作家はすぐ干されてしまいますよ」

ヨンに結婚式に来てくれと言われなくてよかったと思った。もし行っていたら、今でもつきあいが続いていただろうし、デビューした後もパッとしない様子を見られてしまっただろう。私はヨンの言う通り「何者か」になったのかもしれないけど、雑に扱っていいと思われている大勢の「何者か」のうちの一人にしかなれなかった。

でも、それはそれとして、ずっと気にはなっていた。

ヨンはどんな披露宴をしたのだろう?

気にはなるものの、余裕がなさすぎて、あっという間に月日がすぎた。

死んでいたFacebookを開いてみたのはつい最近、四十歳になってからだ。

丸山元花という本名のアカウントにログインして、鹿島四子のアカウントを捜す。結婚式の写真はいちばん上にあった。十四年前の投稿がまだそこにあるということは、ヨンのFacebookも死んでいたのかもしれない。

ごく普通の披露宴だった。ウェディングドレスに、ウェディングケーキ。ヨンの父は黒いモーニング、母は黒留袖《くろとめそで》を着ている。大人になった弟もいる。

一点だけ変なところがあるとすれば、ヨンがマイクを握っているところだ。会社の同僚たちがスピーチしている間も、馴れ初めビデオが流れている間も、ヨンはマイクをしっかりと握って、大きな口を開けて喋《しゃべ》っている。それを見て、思い出した。ヨンが披露宴でやりたいと言っていたことを。

高校二年生の授業中、私はルーズリーフに細かい字で「先生は先週と同じ服を着ている」とか「午後の体育だるい」とか書いて折りたたみ、前に座っているヨンの背中をつついて渡していた。ヨンも何か書いて返してきた。ある日、ヨンがやたら長文の手紙を書いてよこした。

「この前、年上の従兄弟《いとこ》の結婚式に行ったら、会社の上司とか、会社の同僚とかばっかり喋ってたんだよね。新婦はちょこっと挨拶《あいさつ》するだけ。いったい誰が主役なんだよって思っちゃった」

「新婦がずっと喋ってたらディナーショーになっちゃう」と私は書いて戻した。するとヨンが後ろを向いた。返されたルーズリーフには「ディナーショー、いいね」とか「新婦ってドレス着ているし、あれで喋ったり歌ったりしたら完全にディナーショーだ」とか「私は披露宴をディナーショーにする」とか書き足してあった。

そうだった、彼女は高校二年生の時点で、すでに計画を立てていた。でも本当にやっただなんて思わなかった。マイクを握ったヨンの写真の下には「喋って歌って踊って、全身筋肉痛です」と本人がコメントを書いていた。

踊ったのか。

にわかに腹が立ってきた。招待してくれたらよかったじゃないか。本当にディナーショーをやると知っていたら、ご祝儀二倍は持っていったのに。いや、結婚したことを知ったときでも遅くなかった。「元気？」とメッセージのひとつでも送ればよかった。

一冊あたり六十三万円しかくれない編集者のためにボロボロになって働いていた間、丸山元花としての交友関係を疎《おろそ》かにしたことを後悔した。

むしゃくしゃしてきて、短編小説を書いた。

公立の共学に通う女子高校生たちが「貧乏になっても貧乏人にはなりたくない」とメルカリで小遣い稼ぎをし、入金があるたびにルノアールで好きなメニューを頼む。売るものがどんどん大きくなり、収入も多くなってきて、親や教師にバレるまでになって、二人で逃げ出す。そんな無茶苦茶なストーリーだった。二週間で一万字の小説を書き上げた。無理なスケジュールで働いてきたおかげで、書くのだけは速いのだ。

例の編集者にその原稿を見せたのは教えたかったからだ。公立共学にだって面白い女子はいるんだってことを。でも、彼女は「お金がないって惨《みじ》めですね」と残念そうな顔をした。「幅広い読者に支持されない内容かと」と押し戻してもきた。「メルカリって、本もたくさん売りに出してるじゃないですか？　ああいうアプリを賞賛するような内容を弊社から出すのはちょっと」

そう言うだろうと思っていた。だからこうすることにした。

Ｗｏｒｄで書いたその小説をＰＤＦにした。ココナラで見つけたブックデザイナーに頼んで一万円で表紙を作ってもらった。

「あなたの小説は売れない」と例の編集者はよく言っていた。「売り方がよくわからない」と言われたことも一度や二度ではない。そのときの悔しさをばねに帯コピーを自分で書いた。Ｘでの販促も、会社員時代に学んだマーケティングや広報の知識を活かして、自分の思うようにやった。

お金を出す価値がないと思われているのは、私の小説なのか、それともあなたの編集者としての手腕なのか、勝負してやろうじゃないか。

表紙と試し読みが公開されると、たった一日で六万リポストされた。ＢＯＯＴＨで電子書籍のみ、一冊千円で販売を開始したところ、初日で三百部売れた。実売数は二週間で一千部、半年後には三千五百部を突破した。電子書籍だから印刷費はいらない。自分だけで作った本なので、編集者の人件費ものっていない。かかるコストはＢＯＯＴＨの販売手数料一冊あたり七十八円だけだ。だから三千五百部売れたら三百二十二万七千円が口座に入金される。そこからブックデザイナーに払った一万円を引いた金額が売上高だった。

三千五百部売れましたとXに投稿すると、それまで取引がなかった大手出版社の編集者たちから連絡が来た。「版権をください」と言ってきたり、「連載しませんか」と言ってきたりした。そのなかから「同人誌でなければ出せなかった作品だとあとがきにもありましたが、とてもとても面白い作品でしたので、ぜひ弊社から刊行させていただきたく」と熱いメールをくれた若い編集者がいる出版社に版権を渡すことにした。

大変だったのはそこからだった。例の編集者が「あれは弊社から刊行されるべき小説ですよね？」と主張してきたのだ。記録が残るメールでやりとりしたくないらしく「とにかく会いましょう！」と書かれていた。若い編集者にそのメールを見せると「会う必要はないです」とアドバイスされた。だが、例の編集者から電話がかかってきたり、「近所まで来ています」とか「どうにかして会えませんか」とかいうメッセージがあらゆるSNSを通じてくるようになり、私は疲弊していった。返信せずにいると「あきらめます」というメッセージがきた。文末にはこうあった。

「趣味で作った本がまぐれで売れて良かったですね」

同人誌が話題になったからか、例の編集者のいる出版社から出した本の電子書籍が少しずつ売れるようになっていた。でも例の編集者とは関わりたくない。その出版社からすべての版権を引き上げることにした。若い編集者が交渉を引き受けてくれた。それをいいことに私は家に引きこもっていた。

すべてはいいほうへむかっているのに心がズタボロで、気力が出ない。

Xのアカウントには、読者からの好意的な感想が寄せられていた。嬉《うれ》しく思えるはずなのに、見るたびに「趣味で作った本」という言葉を思い出して萎縮《いしゅく》した。「上」と「下」という関係を引き受けた期間が長すぎたのだろう。

若い編集者が同人誌の原稿を丁寧に見てくれ、「読者のことだけ考えて書かれた作品だけあって熱さを感じます」とか「おひとりで作られた本だからこそ、モッカさんの良さが出ていると思います」とか心のこもったメールをくれている間も、例の編集者が吐いた「趣味で作った本」という言葉は私を殴り続けた。私たちが作る商業本の足元にも及ばない、と彼女は言いたかったのだろうか。

大事な思い出——都立高校でのヨンとの思い出を踏みにじってまで、例の編集者は自分の優位性を示したいのか。

出版社の取引先は増え、スケジュールは二年先まで埋まった。しかし気力が湧いてこない。

ヨンに会いたい、と思った。

あの小説を書くエネルギーが湧いてきたのは、マイクを握っているヨンの花嫁姿を見たからだ。大学生になったヨンが話していたことを思い出す。

「公営住宅の抽籤《ちゅうせん》に当たったってハガキがきたとき、家族全員で抱き合ったんだ。鬱陶《うっとう》しかった父も、勉強しろしか言わなかった母も、ゲームボーイでポケモンばっかしてた弟も、みんなで抱き合って、やった〜！　って飛び跳ねちゃってさ。だって親戚んちの庭の離れの六畳一間に家族で住んでたんだよ？　肩身は狭いし、窓のサッシが古くてスカスカで、すきま風も吹いてくるわけよ。虫も入ってくる。そっからの公営住宅当籤よ？　しかも港《みなと》区の公営住宅。来月から港区から通学します」

「セレブじゃん」と思わず笑った私に、「まじでそれよ」とヨンは言った。

「ほら、私っていかにも普通じゃない？　特別な才能があるわけでもなし、めざましテレビ見ながら朝ごはんを食べて、占いチェックしてから学校に行ってる。典型的な大衆だね。だから港区に住む日が来るなんて思ってなかった」

だんだん思い出してきた。ヨンの口調。

「こんなドラマティックなこと、飲み会の鉄板ネタにする」

彼女は「何者か」になろうとしていなかった。「何者か」になる必要もなかったのだろう。

「彼女は自分の人生を愛してるから」

引きこもっている自宅マンションのソファに座ったままで私はつぶやいた。

ヨンが面白いと思うものを書きたい。

会ってみようか。声をかけてみようか。

だが、ヨンのFacebookは死んでいてメッセージを送っても返事がない。Xや Instagramで検索をかけたがヨンのアカウントは見つからない。SNSをやること自体やめたのかもしれない。

そういえば、ヨンが年賀状を送ってきたのは社会人二年目のときが最後だ。父が会社を復活させたので公営住宅を出て、千葉の流山《ながれやま》に買った中古一戸建てが新たな実家になると書いてあった。

二〇二四年にもなってハガキで連絡をとることになるとは思わなかった。

年賀状に印刷された実家の住所を書き、ヨンに対しては「元気にしてますか？私は小説家になったけれど今は落ちこんでいます。ルノアールでコーヒーでも飲みながら近況報告しませんか？」と書き、ヨンの両親に対しては「覚えておいででしょうか、高校生のときに遊びにいったモッカです。ヨンにこのメールアドレスか電話番号に連絡をくれるよう伝えていただけますでしょうか」という文面を書いて、ポストに投函《とうかん》した。

そのハガキは三日かけて鹿島家に到着したようだ。ヨンのお母さんから私の電話番号に宛てたショートメッセージが来た。「ハガキありがとう、なつかしいです。四子に伝えます」と書いてあった。

そうして待つこと一ヶ月、ある日突然送られてきたLINEがこれだった。

「痛い人生設計を作るよ！」


「モッカ、久しぶり！」

手を振りながら現れたヨンこと鹿島四子は、驚くほど変わっていなかった。もちろん変化はしている。髪からは水分が失われているし、顔も柔和になっている。

だが、地下へつづく階段を下りていく間中、

「ルノアールも進化しているんだよね。最近はさ、いかにもおじさんたちが休憩してそうなテーブル席だけじゃなくて、コンセントが使える席もあるしリモートワーカーが使える個人ブースもあるんだよ」

と、熱心に話し続けている。この「ちょっと元気すぎる」感じは変わっていない。

「相変わらずウィンナーコーヒー飲んでる？」と訊《き》いた。ヨンは「ん？」と顔をしかめ、「ウィンナーコーヒーね、飲んでる飲んでる」と言った。

「ウィンナーコーヒーってコーヒーの上にホイップクリームのってるじゃん？　だから高校生のときはさ、ウィーンの貴族が飲んでるものだと思ってたんだよね。でもそうじゃないんだって！　息子が調べたところによると、あれは馬車の御者《ぎょしゃ》の飲み物だったんだって」

そう語りながら、ヨンは壁に手をついて階段を下りきり、慣れた足取りで薄暗い地下にあるルノアールのお店の扉へとむかう。私は尋ねる。

「ヨン、息子さんがいるんだ？」

「知らなかった？」

「Facebook見たけど結婚式以来更新されてなかった」

「いろいろあったの」ヨンは扉の前で立ち止まって眉根を寄せる。「義父がさ、いい企業に勤めてた人でさ。婚約してたときから、営業部に異動しましたーとかFacebookで報告をするたび、営業部で得た経験はどこでも生きます、とか評価コメントしてくんの」

「新しい部下のつもりなんだ」

「定年退職して暇なんだよ。だから、こっちも深夜に義父の投稿をチェックして外国人へイトとかしてたら通報してやったり、激しい戦いが繰り広げられた」

「それで面倒になってやめちゃったの？」

「結婚式の写真を投稿した後すぐに妊娠して、義父と私のバトルは激化し、それからはもうほとんど投稿してないし、見てない」

「大変だったね」

「まあ仕方ない。旧世代の舅《しゅうと》を倒すのが新時代の嫁の役割だから」

ヨンは仕事の話をするようにまじめな顔で言う。

「おっと、いけない、私たちまだ入り口じゃん？　入ろ！」

店のガラス戸を開ける。入ってすぐの床は寄木細工《よせぎ》でできており、その先は絨毯《じゅう》《たん》だ。靴の底に伝わるふわっとした感触が心地よい。店内には白いテーブルと、赤い布を張った椅子《いす》が並んでいる。大正ロマンを思わせるインテリアだ。

スーツを着たビジネスパーソンが声を落として会話していたり、フリル多めのワンピースを着た女性がスマホをいじっていたり、高齢女性たちがテーブルになにやら書類を広げて熱く議論していたり。

いつ来ても、どの店に入ってもルノアールは同じだ。いろんな人がいるはずなのに、店の雰囲気に馴染んでいる。みんなでルノアールの空気を作っているところがある。

その店の奥に会議室ゾーンがあった。レジの横の狭い廊下の壁に「痛い人生設計を作る会様」という白い名札がかかっている。もしかして私たちのことか。

ヨンは予約した会議室に勢いよく入っていく。まず目に入ったのは壁にかかった大きなホワイトボードだ。中央には長テーブルがある。その周りにはやはり布張りの椅子。十個も並んでいる。コートを脱いで、その一つにかけながら私は尋ねる。

「結婚式の後にすぐ妊娠ってことは、今いくつ？」

「孫フィーバーではしゃぎまくったり、三歳児神話信仰を啓蒙《けいもう》してきたり、チャイルドシート不要論を展開したり、ワクチンの接種をやめろと言ってきたり、YouTubeで学んだ陰謀論を親戚中にばらまいたりなどを経て、今年七十七歳。今年は喜寿《きじゅ》のお祝いをしました」

「いやお義父《とう》さんじゃなくてお子さん」

「息子は中二」

「中二！」そんなに時が経ったのかと眩暈《めまい》がする。

ヨンはそこで顔を曇らせる。「中学入ったと思ったらもう高校受験」

「大変なの、受験」

「っていうか」ヨンはさらに顔を曇らせる。「教育費が大変？」

「そんなにかかるんだ」

ヨンは暗い目で私を見た。

そして、会議室のホワイトボードに歩み寄って、黒いマーカーを手に取り、「都立高校に進学した場合であることを念頭においてお聞きください」と言いながら「ママ友に聞いた、高校初年度にかかる費用です」と何か書き始めた。

入学金五千六百五十円、学校徴収金《ちょうしゅうきん》二万九千六百円、制服や体操着七万五千円、教科書・副教材一万三千円、電子辞書一万七千五百円、ノートPC（指定）三万円、授業料十一万八千八百円。

「なお、部活関係の費用など、他にもいろいろかかるみたい」と言って、ヨンはドヤ顔でこちらを見た。「えっ、待って」と私は手を挙げた。

「都立高校の学費って無償になるんじゃなかった？」

「うん、だからこの授業料の十一万八千八百円は無償」

「それが消えてもけっこうかかるね」

「そうなのよ。でね、昨日Xを見てたらさ、大学に入るには最低これだけかかりますっていう先輩ママの投稿が流れてきて」

ヨンはまたマーカーを握り、「これは国立大学に入った子の初年度の費用で、大学の受験料や仕送りなどは含まれないということを念頭においてご覧ください」と書き始めた。

入学金二十八万二千円、学費五十三万五千八百円、同窓会費二万円、後援会費二万円、大学生協加入費二万円、ノートPC（指定）十四万円、教科書代五万円。

書き終えると、マーカーを置いて、静かにヨンは言った。

「余裕を持って、初年度だけで二百万円は用意しておいたほうがいいって」

「国立で？」圧倒されながら私は言った。衝撃だった。高校も大学も、都立や国立ならばほとんどお金がかからないと思っていたのだ。

「共働きをしていて、お子さん一人だけでも、これは大変だわ」

「三人」ヨンは指を三本立てた。

「なんだって?」

「上の息子が中学二年、中の息子が小学六年、下の息子が小学四年生」

「たくさん産んだもんだね」私はゆっくりとホワイトボードを見て「全員、国立行けそうなの?」と尋ねた。ヨンは遠い目をして「国立は難しい」と言った。「五教科もあるし、ってことは塾代もかかる。それだけやっても合格するとも限らない。私立だったらさらなるお金が……」

そのとき、壁のインターホンが鳴った。ヨンは「あっ、しまった」と小走りで駆け寄り、受話器をとると「オーダーですよね、すみません」と明るい声で応答し、私を見ながら黒い表紙のメニューを指差し、「私はウィンナーコーヒー」と言った。

「モッカは?」

「じゃあ、私もウィンナーコーヒー」

ヨンに合わせて飲んでみようと思った。

「ウィンナーコーヒー二つで」とヨンは言って受話器を置いた。

「そういえばウィンナーコーヒーの話をしかけてなかった?」私は尋ねた。「馬車の御者がなんとかって」

「ああ、そうそう」とヨンは説明の続きをしてくれた。

ウィンナーコーヒーはウィーン風のコーヒーのことだ。コーヒーに真っ白なホイップクリームがのっている。ウィーンではアインシュペナーと呼ばれているらしい、とヨンは語った。

アインシュペナーとは「一頭の馬で引く馬車」のこと。馬車の御者が客を待つ時間にコーヒーを飲む際に、冷めないようにホイップクリームをのせ、油分でふたをしたことがはじまりだそうだ。

店があまり混んでいなかったからか、ヨンがトイレに行ったり、私がスマホをＷｉ－Ｆｉに繋《つな》いだりしている間に、もうウィンナーコーヒーが二つ運ばれてきた。

コーヒーの香りがふわっと漂う。

ホイップクリームの間からコーヒーを飲んで、クリームが減ってきたらかきまぜて飲むという人もいるらしい。でも、

「わー、いつ見ても幸せな気持ち」

ヨンはホイップクリームをスプーンですくっている。先にクリームだけ食べてしまうのがヨン流だ。

私も同じようにしてみた。山のように盛り上がったホイップクリームをスプーンですくう。クリームの底はコーヒーに浸かっていたので薄茶色だ。口に入れるとほ

んのり甘く、牛乳の香りもした。スプーンから唇を離すと、私は言った。

「ウィンナーコーヒーは労働者階級の飲み物だったのか」

ふと、銀行から貸し剝がしにあったヨンの父のことを思い出した。部数を減らされて新刊で本を買えない自分のことも。「下」にいさせられている人たちは「上」にいられる人たちよりも頑張って生きていかなければならない。なのに、「上」にいる人たちのほうが正しいのだと言われてしまう。

そう思うと、ヨンと会ってわきたっていた心が落ちていく。

最後のひとやまをすくいとってしまう。すくいきれなかったクリームが、白い油膜となってひろがっていき、コーヒーと混じり合ってマーブル模様になっている。それさえもすくってしまうと、夜の闇《やみ》のような黒い液体しかなくなる。

「でもさ」と、ヨンが言った。「ウィンナーコーヒーってスイーツを別に頼まなくてもいいからお得だよね」

そうやっていつも節約のことばかり考えさせられること自体、「下」にいさせられているということではないか。そう考えていると、ヨンがはっとして言った。

「モッカみたいに売れっ子だったらそこまで気にしないか」

「私の本売れてないよ」

「そうなの?」ヨンがこちらを見て言った。

私は苦笑いした。「売れてないよ」

「あんな面白いのに？」

「読んだの？」

「小説家になったってハガキに書いてあったじゃん。再会する前に読もうと思って、図書館でできる限りの冊数借りてき……あ、そっか、ごめん、買うべきだったよね」

「ううん」私は首を横に振った。「むしろよくそんなに読む時間があったね」

息子三人を育てつつ、会社にも行きつつ、私の本まで読むなんてびっくりだ。ヨンには昔からそういうところがあった。集中したら止まらないのだ。

「でも同人誌は買ったよ、BOOTHで」

「図書館にないもんね」

「都立高校が舞台じゃん？　私たちの話じゃんって思いながら読んじゃった」

「ごめん、勝手にモデルにしちゃって。編集者が私立の女子校出身で、公立をやたらディスってくるから、ついむきになって公立共学女子を主人公にしたんだよね」

「いるね、そういう人は」ヨンはふふっと笑った。「採用するときは大学名じゃなくて高校名を見ろとか言う名門高校卒の上司とかね。ポジショントークだよね」

「優秀な人はたいてい私立女子校出身だとも言われた」

「そんなに優秀ならこの国を立て直せ」

「公立共学出身者には面白い女子はいないとも言われた」

「モッカがいるじゃん」

私は目を丸くした。「え?」

「だって同人誌、三千五百部売れたんでしょ。それって三千五百人が面白いって思ったってことでしょ。それってすごいことだよ」

「そうなのかな」私は言った。「でも商業出版ではこういう本は書けなかった」

「そりゃ、心理的安全がないからでしょ。公立共学出身者には面白い女子はいないなんて言ってくる人がいたらモッカだってのびのびできない」

「のびのびできない、か」

「一流のマネジャーって、クールなメンバーを集めて、権限を与えて、責任だけ取るらしいんだよね。要するにのびのびできないチームではいいプロダクトは生まれないってことだよね。……ごめん、いま人事にいるから、こういう話をさせたら長いよ!」

「人事にいるんだ」

「前は営業にいてがんばってたんだけど、子供たちがちっちゃかったころはリモートワークも許されてなかったし、三人も産んでるから、時間の都合つくほうがいいだろって言われてバックオフィスに回されたってわけ」

「つらかったね」

「つらくはない、かな？」ヨンは首を傾げて言った。「いま採用の仕事してるんだけど、採用って営業と似てるんだ。会社を好きになってもらう仕事だから。営業での経験ってどこへ行っても生きるんだよ。そこは義父の言ってた通り」

それからヨンは人事の顔になって、私をじっと見た。

「その二流のマネジャーとはこれからもつきあっていくの？」

「もう切れた」

「よかった」ヨンはにこっとした。「今ついてくれてる編集者はどんな人？」

「若くていい人」

「若い人にはいいやつが多い」ヨンはうなずく。「知ってる？　大谷翔平《おおたにしょうへい》が日本の小学生から高校生までを留学させようとしてる話」

「知らない」

大谷翔平はメジャーリーグで活躍する野球選手だ。そのくらいは知っている。だが、仕事が忙しすぎたせいで、なぜみんながそんなに騒いでいるのか知らない。

「あいつすごいんだよ」親戚の子のことを語るようにヨンは言う。「日本の大手英会話スクールに、僕が日本の子供たちに短期留学をプレゼントしたいって申し出をしたんだって。若いのにたいしたもんだよ」

「ヨンって野球好きだっけ？　それとも息子さんたちが野球やってる？」

「いや、全然」

ならなぜ大谷翔平のことを熱っぽく語るのだろうと思っていると、

「うちの会社、業績が下がってて」とヨンは自分の話を始めた。「バブルのころが忘れられないおっさんたちが定年退職してくれて、少しずつ上がってきてはいるんだけど、内部留保でためこむばっかりで、賃上げしてくれないんだよね。それで思ったんだけど、会社に就職するのって他人に人生を預けるってことなんだよね」

「フリーランスも同じだよ」

どんな本にするかは編集者が決める。「これが今の売れ筋なので」と言われれば従う。ずっと初版止まりだったのは、他人に人生を預けていたせいだったのかもしれない。

「税金やら物価やらが上がるしで、夫の給与と合わせても、息子三人を大学にやるだけでせいいっぱいだよ」ヨンはやれやれというふうに首を振っている。

「それだけで偉いよ」

「偉いだけじゃね」ヨンの目が光った。「うちの父が公営住宅を引き当てたときみたいにさ、ああもうだめだってとこを乗り越えて、やった～！　ってみんなで飛び跳ねたいじゃない？　どんでん返しがこの先にあるって思いたい」

「どんでん返しか」と私は思った。若い編集者のもとで、同人誌が商業出版されることになったとはいえ、売れるかどうかはまだわからない。

もし売れなかったら、例の編集者は笑うかもしれない。

「そこで痛い人生設計を作ろうと思って、モッカを呼んだってわけ」

ヨンはそう言ってメニューを手に取っている。まだなにか頼むつもりなのだろうか。節約していたときのくせで、ワンドリンクさえ頼めば良かったのではないかと思ってしまう。

「会ってから訊こうと思ってたんだけど、その痛い人生設計って何？」

「大谷翔平の人生設計を見た？」

「なにそれ」

「モッカ、あんたニュースとか見てないの？　今ってさ、テレビつけたら毎日が大谷翔平じゃん。興味なくてもどんどん情報が入ってくるじゃん？」

NHKに払うお金がなくてテレビを手放したのだとは言えなかった。「スマホのニュースは見てるし、大谷翔平が結婚したことくらいは知ってるよ」

「じゃ、あいつが高校時代に作った人生設計シートのことは？」

「人生設計シート？」

「見て」と、ヨンはスマホを差し出す。スポーツ記事が表示されていた。大谷翔平は高校生のときにはすでに一年刻みの人生設計をしていたらしい。その人生設計によれば、彼は十八歳でメジャーに入団、二十歳でメジャーに昇格、十五億円の年俸を得て、二十三歳でWBC日本代表になることになっている。二十六歳でワールドシリーズに優勝して結婚、二十七歳でWBC日本代表、MVPになるらしい。

「いかにも高校生が考えそうな痛い人生設計だけど、達成できてるの？」

「三年くらい遅れてるけどできてる」

「えっ、できてるんだ？」

本当に知らないの、という顔でヨンはたたみかけてくる。

「二十三歳でメジャーに昇格、二十八歳でWBC日本代表、さらにMVPになって、二十九歳で結婚。さらには十年で合計一千十五億円をもらう契約になってる。人生設計シートに書いたことを超えちゃってる」

ふたたびその記事に目を落として、私はつぶやく。

「本物の、何者か、になれるのはこういう人なんだろうね」

もし、私が大谷翔平の同級生で、この人生設計シートを見せられたら、やはり「痛い」と思っただろう。「たしかにお前には才能あるし、努力家だけどさ、こんなにうまくいかないって」とアドバイスのつもりで言ってしまうかもしれない。

だが、それを本当にしてしまう人も世界にはいるのだ。

「大谷翔平の人生設計はまだ続く」ヨンは記事をスクロールする。「見て、ここ」

高校生の大谷翔平が考えた、アラフォー以降の人生はこんなふうになっていくらしい。

三十八歳、結果が出ず引退を考えはじめる。三十九歳、来年での引退を決意。四十歳、引退試合ノーヒットノーラン。四十一歳、日本に帰ってくる。四十二歳〜五十七歳、日本に米国のシステムを導入。五十七歳、プロ野球界から引退。

野球の第一線を退いたのちは、後進のために裏方としてすごし、地元に戻ってリトルリーグの監督をして、年金生活を送る予定らしい。

「いきなり現実的」私はつぶやく。「でも、そんなものなのかもね」

私ももしかしたら、同人誌が三千五百部売れたところがピークで、「部数が伸びずに廃業を考えはじめる」「来年での引退を決意」「最後に刊行した本も初版止まり」になっていくのかもしれない。そう思ったときだった。

「ぼーっとしてないで私たちも作るよ」とヨンが言った。「大谷翔平みたいに若くして成功したやつは四十歳からは現実的に生きればいい。でも私らモブキャラは下積みが長いんだから、こっからサクセスしていかないと」

「ものは言いようだけど」

「じつはうちの息子たちに言ってみたの、大谷翔平の留学プロジェクトに応募してみなよって。そしたらなんて言ったと思う？　痛いからしないって」

「留学したくないってこと？」

「いや、留学はしたいみたいなんだけど――」ヨンは腕組みした。「さっき、モッカが言ってたじゃない？　公立共学出身者には面白い女子はいないって言われたって。今の子たちもそういうとこあるんだ」

ヨンはコーヒーだけになったカップに目を落とす。

「うちの息子たちの同窓生のなかには、私立中に行かせてもらえないお前ら大丈夫？　ってマウントしてくるやつもいるわけ。まあそんなアホには神罰が下されるだろうからほっとけばいい。ただ問題は、そう言われ続けていると、自分でもそう思うようになっちゃうってこと。次男なんかナイーブだから、まあ俺はこの程度だよね、ってどんなことでも言ってくるようになって。で、思ったの。やりたいことをやりたいって言うことを痛いなんて思わせちゃだめだって」

また思い出した。例の編集者のことを。「優秀な女子はたいてい私立女子校出身です」と主張していた彼女は、つまりはこう言っていたのだ。

貧乏人は夢など見るな。

コーヒーカップに私は目を落とす。クリームを剝ぎ取られたコーヒーはゆっくりと冷めていく。

「貧乏になっても貧乏人にはなりたくない」と言っていたヨンの気持ちが今更になってわかったような気がした。ヨンは言った。

「だから、モッカが同人誌を出したって知ったとき、息子たちに言ったんだ。見なさい、中年になってもこんな痛いことをやる人がいる」

「えっ？」

　こういうとき会議室は助かる。大声を出しても迷惑にならない。

「同人誌を出すのって痛い？」

「痛い痛い」ヨンはあっさり言った。「そもそも小説家になることが痛い。会社員人生をぶん投げて、売れるかどうかもわからない小説家になったんでしょ？」

「それはそうだけど」

「プロの小説家が同人誌を作って売れなかったらさらに痛いじゃん？　痛い思いしたくないからってやらない人も多いと思うよ」

　痛いなんて考える余裕はなかった。例の編集者に抗《あらが》いたかっただけだ。

「そもそも中年で新しいことをやるのって大変なことだよ。自分にできることとできないことがわかってるし、積み上げてきたものを失うかもしれないよね。経済的にも痛い。でもモッカはやった。だから新しい人生がひらけた」

ひらけたのだろうか。そう思っていると、

「とにかくやってみようよ」

ヨンが景気のいい声を出した。

「大谷翔平がやったみたいな人生設計を私たちも作ってみよう。お前なんかには無理だよって笑われそうな、思いっきり痛い人生設計を作ってみよう」

「それって私を元気づけるため？」思わず尋ねた。

「いや、自分のため」ヨンはあっさり言った。「誰か一緒にやってくんないかなって思ってたらモッカがハガキくれたから連絡したの。だって、こんなこと一緒にやってくれそうなの高校の同級生くらいしかいないじゃん？」

「たしかに」私は笑った。

「じゃ、私からやるわ」

ヨンはさっと立ち上がり、さっき書いた文字を全部消した。そして新しく書き始めた。

「昨日、ネットで情報収集しながら考えたってレベルだから、突っ込むときはお手柔らかにお願いいたします」

鹿島四子の人生設計はこうだった。

四十歳　留学を決意、株をはじめる
四十一歳　カリフォルニア大学の大学院に出願、合格
四十二歳　渡米し、入学
四十三歳　長男が短期留学
四十四歳　修士号をとって卒業、アメリカで就職
四十六歳　次男が短期留学
四十八歳　三男が短期留学
五十歳　現地で働きつつ、夫の留学を支援
五十一歳　日本に帰り、翻訳をしてドルを稼ぐ
六十歳　億《おく》り人《びと》に

「ええと、どこから突っ込めばいいのかな」

ホワイトボードを眺めながら私は言った。「まず、留学を決意するのは誰なわけ？」

「私」

「ヨンが行くの？　アメリカに？　四十代でできるの？」

「できるらしい」ヨンは黒いマーカーを持ったままうなずいた。「数は多くはない

けど、四十代で留学する人はわりといる。二十代や三十代に比べて目的意識が明確なので満足度も高いって。だから、まず私が行く、アメリカに」

「痛いね」

「でしょ？　いかに痛い計画を立てるかがポイントよ」

「株をはじめるっていうのは？」

「株で留学資金を作る」ヨンはきりっとした顔になる。「独身時代の隠し口座に百万あるのでこれを株につっこむ。いま株価上がってるから、日本株と仮想通貨をうまく運用すれば、三年後くらいには二千万円くらいの資産ができてる、はず」

「痛い」私は思わず笑った。「いかにも高校生が考えそう」

「いま会社四季報とかバフェットの本とかを必死に読んでる」

「なんでカリフォルニア大学の大学院？」

「学費が安いらしい。あと西海岸で日本に近いから、日本人がたくさん留学してるって。英語学習アプリもダウンロードした。これは通勤中にやる。ＡＩが相手してくれる英会話アプリも。これは寝る前に。来年までにTOEFL iBTで１００点をとる」

「うわ、痛い」私は笑いをこらえている。「で、ヨンが留学してる先に、息子さんたちも留学してくるってわけ？」

「そのための現地就職よ。円安の間はドルで稼いだほうが得だから」

「最終的には旦那《だんな》さんも留学させるの？」

「そりゃそうでしょ！　私ばっかりがカリフォルニアでのびのびしてたんじゃ申し訳ない。それと引き換えに私は帰国。引き続き株を回して、六十歳で億り人になれたらいいなって」

なんて痛々しい計画だろう。思わず笑い出していた。

「笑うのはなし」と言っているヨンも笑っている。「そりゃ私だって、この円安時代に家族全員留学とかいくらお金かかるのよとか、思ったよ。でもさ、この人生設計を作ってるとき、すっごく楽しかったんだ。もしかしたらできるかもって思えてきて、それだけで楽しい」

「痛いけど」

「そう、痛いけど、楽しい」

そうかもしれない。他人に人生を預けず、やりたいことだけやる人生を設計するのは楽しい。

「次はモッカの番だよ」ヨンは半分空いているホワイトボードを指差す。「実現できるかどうかなんて考えなくていい。ここには私とモッカしかいないんだから。私たちの話を聞いてる人は誰もいない」

その言葉に勇気づけられてつぶやく。「高校の授業中に、ヨンが披露宴をディナーショーにするってルーズリーフに書いてきたときと同じだね」

「そうそう」と、ヨンは懐かしそうな顔になる。「モッカだってルーズリーフに書いてきたじゃない？　将来、小説家になるって」

「えっ」私はヨンの顔を見た。「覚えてない」

「だからさ、この前ハガキくれたときはびっくりした。本当になったんだって。ペンネームはモッカなんだから、本屋さんに行ったときに気付いてもよかったはずなのに」

「本が売れてないからインタビュー取材もこなかったからね」

「それだ」ヨンは私を指差した。「まずはインタビュー取材がくるような作家になれ。さあ、痛い人生設計作っていこう」

ヨンになら言える。ルノアールの会議室でだったら言える。

「直木賞《なおきしょう》をとりたい」

と私は言った。例の編集者なら二秒で「無理でしょ」と言いそうだ。

「でね、金屏風《きんびょうぶ》の前に立って言ってやる。この業界、モラハラ野郎が多すぎだって」

「その意気だ」ヨンはうなずいた。「でも直木賞ってまだまだ現実的じゃない？

痛さが足りないなー」

「じゃあ、全世界で翻訳される作家になりたい。でね、今度は記者会見で中指を立ててこう言ってやるの。公立共学出身女子だって面白いぞって」

「痛さがまだ足りない」

「あのさ、賞をとるってどれだけすごいことかわかってる？」

「だってさ、普通の人はほとんどが出版業界に興味ないよ？　海外の賞とってもニュースでも小さい扱いじゃん。もっとやらかしてほしい」

ヨンに煽《あお》られ、私は解放していく。「下」の人間だという檻《おり》にとじこめられていた自分を。

「ノーベル文学賞とるとこまでいっちゃうか」

「いい感じになってきた」とヨンは言った。そしてこらえきれなくなったように黒い表紙のメニューを開いて「プリン頼んでいい？」と言った。その目は「ちょっと固めのレトロプリン」というメニューを見ている。五十円プラスするとホイップクリームがのせられるらしい。

「どんだけホイップクリーム食べるの」

「プリン食べて脳に糖分を入れて、具体的なアクションプランに落とし込みつつ、ホワイトボードに書いていこう」

ヨンは壁のインターホンの受話器をとり「プリン二つお願いします」と言っている。むこうに店員がいるのかと思うと、急に恥ずかしくなってきた。

「ノーベル賞なんてとれないよね」つい言ってしまう。

「いいじゃん、ルノアールの会議室でとりたいって言うくらい、いいじゃん」

ヨンはまったく悪びれていない。「そうだね」とつぶやくように私は言った。

痛いことを言っているうちは、誰にも抑えつけられない。

私たちは自由だ。

「さあ続けて。ノーベル文学賞とったあとはどうすんの？」

「あーやっぱ無理。この先はシラフじゃできない」

「酒頼むか」ヨンは腰をうかしている。

「ルノアールにお酒あるの？」

「あるある」

ヨンは黒い表紙のメニューを引き寄せて「ほら」とウィスキーのメニューを見せてくれた。ハイボールやロックにして飲めるらしい。知らなかった。

「でも会議室だとお酒は頼めなかった気がする」

勢いよく立ち上がり、「一応聞いてみる」とインターホンにむかっていくヨンの、昔よりたくましくなった背中を見て、「だめだったら会議室の外に出ちゃおうか」

と言いながら私は思った。

株価が上がりますように。

ヨンの痛い人生設計が本当になりますように。ヨンの息子たちが痛いことをいくらでもやれるようになりますように。

そして、もしかなうなら、面白い小説がまた書けますように。

究極のホットケーキと紅茶占い

斎藤千輪

■ 斎藤千輪（さいとう・ちわ）

東京都町田市出身。映像制作会社を経て、放送作家・ライターとして活動。2016年、第2回角川文庫キャラクター小説大賞・優秀賞を受賞した『窓がない部屋のミス・マーシュ』でデビュー。著書に、第2回双葉文庫ルーキー大賞を受賞した『だから僕は君をさらう』のほか、「ビストロ三軒亭」「神楽坂つきみ茶屋」「グルメ警部の美食捜査」の各シリーズ、『出張シェフはお見通し　九条都子の謎解きレシピ』など多数。最新作は『魔城の林檎』。

自動改札を出るや否や、萩原望《はぎわらのぞみ》は小走りになった。

時刻は午後八時四十五分。あと十五分で、ラストオーダーになってしまう。

焦りで速まる鼓動を抑え、人でごった返す駅中を掻《か》き分けるように進み、出口への階段を駆け上がる。煌々《こうこう》と灯《あか》りの点《とも》る商店街を横目に歩道を走り抜け、街灯もまばらな住宅街へと入っていく。

ハアハアと上がってきた息が、ほの白い。三月半ばとはいえ、まだ厚手のコートとマフラーは手放せない。

望が一目散に目指している場所は、この閑静《かんせい》な住宅街の中にあった。月夜に包まれた今は建ち並ぶ家屋に溶け込んでしまっているだろうけれど、太陽の下で見ると異彩が際立つ建物だ。

昭和初期に建てられたというそこは、隣にある公園の緑を借景に佇《たたず》む、目が覚めるようなペパーミントグリーンの家屋。出入口の扉を中心に窓がシンメトリーに並ぶ、ヨーロッパの国から移動してきたかと見紛《みまが》うばかりの、麗《うるわ》しいコロニアル様式の洋館だった。

その一階にあるダイニングルームで、アフタヌーンティーならぬイブニングティーが楽しめると知ったのは、望が去年の秋にこの街に引っ越してきてから二カ月ほどが経った頃。マンションの管理人をしているおしゃべり好きの初老女性が、朝の挨拶《あいさつ》をしたときに教えてくれたのだ。

「ミント邸ってわかる？　緑色の二階建ての洋館。ペパーミントグリーンだからミント邸って呼ばれてるんだけど、そこの奥さんがね、週末の夜だけティーサロンをやってるのよ」

ミント邸という家のことは、引っ越す前から認知していた。マンションの周囲を散歩したとき、あまりにも美しくて歴史的価値もありそうな家だったので、どんな人が住んでいるのか気になったのである。まさか、ティーサロンとして利用できるなんて思いも寄らなかった。

詳細を管理人に尋ねると、営業は土日の午後五時から十時のみ。ラストオーダーは九時。看板はないし広告も一切していないため、訪れるのはほぼ近所の奥様方だという。

早速、その週の土曜日にひとりで訪れてみたところ、瞬時にサロンの虜《とりこ》になってしまった。ダイニングでいただいた紅茶とホットケーキがあまりにも美味《おい》しかったから、だけではない。そこには、他の店にはない魅力がいくつもあった。

以来、予定がない限り、土曜日の夜はミント邸でイブニングティーを味わっている。今夜もそうするつもりだったのだが、営業事務として勤めている不動産会社で、結婚退社をする女性社員の送別会があり、こんな時間になってしまった。

いかにも幸せそうに、社員たちから贈られた花束を持った彼女は、望の二歳年上の二十七歳。小柄で童顔の営業部員だった。

かつて、結婚退社を「寿退社《ことぶき》」と呼んだと聞いたことがあるが、言い得て妙だなと思う。一般的に考えると、結婚するからといって、正社員の仕事をすぐにやめられるわけがない。子どもができたとしても、産休を取って復帰する人が大半だ。なのにやめるということは、よほど甲斐性《かいしょう》がある結婚相手ということになる。まさに、「寿」と呼ぶに相応《ふさわ》しいやめ方だ。

本当は自分だって、寿退社ってやつをして悠々自適な専業主婦になってみたい。仕事が嫌いなわけではないが、時間に縛られて朝夕の満員電車に揺られる会社員と、自由な時間を家で過ごせる主婦を比べたら、後者を選びたくなるに決まっている。実際に選んでみたら、そんなに甘いものではないかもしれないし、仕事が恋しくなるのかもしれないけれど。

――でも、今の彼氏じゃ絶対に無理だろうな……。

余計なことを考えて気が滅入りそうになり、頭を振ってひたすら目的地を目指す。普通に歩くと駅から十分以上はかかるのだが、走ったので半分くらいで済んだ。

開け放たれた鉄製の門扉から石畳の小道を急ぎ、その先にある洋館の正面扉の前で立ち止まる。

乱れた呼吸とほつれた長髪を急いで整えてから、扉の横にあるチャイムを押した。

「――はーい、いらっしゃいませ」

やや低めの落ち着いた声音で迎え入れてくれたのは、この家とティーサロンの主である橘琴葉《たちばなことは》。いつものように黒髪を後ろでまとめ、艶《あで》やかな着物を身にまとっている。今夜は水色に藤の花の模様が入った色留袖《いろとめそで》だ。白地に淡い緑のダマスク柄の壁紙と、赤い絨毯《じゅうたん》が敷き詰められたレトロな玄関ホールに、しっくりと溶け込んでいる。

「すみません、ぎりぎりになってしまって。まだ大丈夫ですか？」

「もちろん。つい先ほど、お客様方をお送りしたところなの。今なら望さんの貸し切りよ」

ふわりと微笑《ほほえ》む琴葉は、四十代半ばくらいの気品溢《あふ》れる女性。実業家だった夫を早くに病《やまい》で亡くし、今は夫の連れ子だった義理の息子とふたりで、自身が親から受け継いだこの洋館で暮らしている。その息子がパティシエ専門学校の学生で、学校が休みとなる土日の夜だけ、訪れるゲストにスイーツと紅茶を振る舞っているのである。

なぜ、アフタヌーンティーではなくイブニングティーなのか、琴葉に尋ねたことがある。その理由は、「だって、土日くらいゆっくり寝ていたいじゃない。イブニングとはいえ、昼間から準備しないといけないし」という、かなりユルッとしたものだった。その答えを聞いた途端、飾り気がなく気立ての良い女性だなと、すぐさま好感を抱いてしまった。

実は、琴葉は夫が遺した貿易会社の役員を務めているらしいのだが、そんなイメージは微塵《みじん》もない。どこからどう見ても、趣味でティーサロンを開いている有閑マダムだ。

「コートをお預かりしますね。中にどうぞ」

琴葉に出してもらったスリッパに履き替え、館内にほのかに漂う紅茶とバターの香りを吸い込んだ。そのまま赤絨毯の廊下を進み、左手にある見事な大階段を横切り、扉が取り払ってある広いダイニングルームに足を踏み入れる。

高い天井から垂れ下がる、シェードつきのシャンデリア。公園の木々が覗《のぞ》く正面の窓には、濃いグリーンのクラシカルなカーテンがかかっている。床には幾何学《きかがく》模様の入ったベージュの絨毯が敷かれ、マホガニーのアームチェアと丸テーブルが、八卓ほどゆったりと配置されていた。左右の壁には、暖房器具が収納された大理石のマントルピースが設《しつら》えてあり、どちらも上に生け花が飾られている。今宵《こよい》の花は、ミモザとマーガレットだ。

目に映る何もかもが、ため息が出るほど優雅だった。

望のお気に入りは、右側のマントルピースの傍《そば》にある窓際の席。ここに座っていると、自分が名家の令嬢にでもなったような気分になってくる。

この、古き良き時代を彷彿《ほうふつ》とさせる空間には、スマートフォンのような電子機器は似合わない。いつも文庫を持ち込んで、お茶と共に読書を楽しむ。そんな贅沢《ぜいたく》な時間を過ごせるのが、ミント邸ならではの魅力だった。

「今日は、オーガニックのセイロン・ウバ茶を用意したの。ストレートでもいいんだけど、ミルクがお勧めかな。もちろんレモンでもいいしアイスにもできるけど、今夜はどの飲み方がいい？」

「ホットのストレートを、お砂糖なしでお願いします。あと、ホットケーキを頼んでもいいですか？」

「かしこまりました。ホットケーキは少し時間がかかるから、先に紅茶を用意するわね」

いそいそと琴葉が立ち去り、小さくクラシックが流れるダイニングにひとりとなった。

……またもや、ホットケーキをオーダーしてしまった。

ここには紅茶には定番のスコーンも、週替わりのサンドイッチもある。ケーキ・セットなら、何種類かの中から好みのケーキを選ぶことができる。けれど、何度来ても頼みたくなるのが、メープルシロップを好きなだけかけられる、特製のホットケーキなのだ。

実は、今の望には深刻になりそうな悩みがあるのだが、その先が見えない問題の悩ましさを吹き飛ばしてくれるのが、ミント邸でのひと時なのだと確信していた。

読みかけの文庫を開いて物語に集中していると、銀色のトレイを抱えて琴葉が入ってきた。

「はーい、お待ちどおさま」

トレイに載っていたティーカップとポットを、テーブルに置いた。どちらもシンプルで繊細なボーンチャイナの磁器だ。ここではいつも、紅茶ソムリエの資格を持つ琴葉がセレクトした紅茶を、大きめのポットに保温カバーをかけて出してくれる。厳選した茶葉と軟水を使用し、淹《い》れ方にもこだわった極上の紅茶を、琴葉がティーカップに注いでいく。

「こんな寒い夜はホットティーが一番。さ、あったまってね」

やさしく言われて、カップに手を伸ばした。カップの内側に見える金色の環は、良質な紅茶の証《あかし》。そのゴールデンリングを愛《め》でながら、紅茶の香りをしかと味わう。

「しっかりとした渋みとフローラルな香り。これは確かに、ミルクティーでも美味しそうですね」

「でしょ。あとでミルクも用意するから、二杯目はミルクティーで飲んでみてね」

「ありがとうございます。ここに来ると、どんな悩みも消えそうになります」

「悩み？」と言った瞬間、琴葉の瞳が光ったような気がした。

「望さん、何か悩み事でもあるの？」

真っ直ぐに見つめられて、つい頷《うなず》いてしまった。

「あるんです。ひとりになると、どうしても考えちゃう悩み事」

いっそのこと吐き出してしまおうかと思ったら、琴葉が目尻に皺《しわ》を作った。

「そうだったのね。なら、簡単な占いで未来を視てみる、なんてどうかしら？」

意外な言葉に驚く望の前で、彼女はおっとりと言った。

「実は私、紅茶占いが趣味なのよ」

「紅茶占い？　初めて聞いた。そんなのあるんですか？」

「ええ、イギリスでは有名よ。『ハリー・ポッターとアズカバンの囚人』って映画、観たことある？」

「ハリー・ポッターのシリーズですね。昔、テレビで観た気がするけど、シリーズが多すぎてどんな話だったか忘れちゃったかな」

「あの映画には魔法学校の授業シーンがあってね、そこに紅茶占いが登場したのよ。飲み終えたあとの茶葉の形で占うんだけど、発祥は十九世紀のヴィクトリア時代とも言われてるの。私の場合は、その紅茶占いにタロットカードの意味も取り入れた、独自の解釈をするんだけどね。結構当たる、なんて言ってくださる方もいたりして。どう？　あとで気晴らしにやってみない？」

「やりたいです」

迷っている間などなかった。間髪をいれずに即答し、「それなら占い代を払います」と続けた。占いでもなんでも、解決に少しでも近づけそうなら、どんなことでもやりたい。

「いいのいいの。趣味でやってることだからサービスしちゃう。その代わり、いくつか悩みについて質問させてもらいたいんだけど、いいかしら？」

「もちろんです。誰かに相談したかったんですよ」

今夜はここに滑り込めてよかったと、心の底から思った。

本来なら占いに頼るタイプではないのだが、琴葉の言葉なら信じられそうだ。

「ゲストさんが多いときはこんな話はしないんだけどね、もう望さんだけだから、ゆっくり占わせてもらうわね。早速だけど、どんな悩みなのか教えてくださる？」

向かい側のアームチェアに浅く座った琴葉が、真剣な眼差しを向けてくる。

その真摯《しんし》な姿勢に後押しされて、望は口を開いた。

「あの、今年の一月に今の彼氏と出会ったんです。彼氏と言っても、まだプラトニックな付き合いなんですけど、このまま交際を進めていいのか迷ってしまって」

「ということは、何か問題でもあったのかしら？」

「なんか、彼とは噛《か》み合わないところがあるんです。たとえば、食事とかプレゼントに関してなんだけど……。実は、合わないだけじゃないんです」

その先を言っていいものか躊躇《ちゅうちょ》したが、思い切って打ち明けることにした。

「彼って、ちょっと不気味なんですよ」

「不気味？」

琴葉が小首を傾げたとき、「失礼します」と柔らかい男性の声がした。

「──ああ、壮馬《そうま》が来たわ」

橘壮馬。それが、琴葉の義理の息子の名前だ。まだ二十歳《はたち》になったばかりらしい。男性にしては華奢《きゃしゃ》な身体《からだ》に白いコックコートをまとった彼の登場と共に、湯気を立てるホットケーキとバターの香りが、空腹をダイレクトに刺激した。

「お待たせしました、特製ホットケーキです。今夜はブラッドオレンジのクリームを添えました」

色白で端整な顔つきをした壮馬は、ホットケーキの皿とカトラリー、国産のメープルシロップの瓶を、女性のように滑らかな手でトレイからテーブルに置いた。

「いつ見てもキレイ……」

つい、心の声が漏れてしまった。これぞまさに、究極のホットケーキ。壮馬の焼くホットケーキほど、完全な美を形作るものはない、とまで思ってしまう。

望は惚《ほ》れ惚《ぼ》れとしながら、目の前にあるボーンチャイナの平皿を眺めた。

完璧すぎる焼き色で、完璧な丸い円を描く、厚さが三センチ以上もあるホットケーキ。焼き立てふわふわの生地の上で、眩《まばゆ》いほど黄色く光るバターがトロリと溶けかかっている。その横には、赤いブラッドオレンジの果肉が混ざった、遠目にはピンク色に見えるホイップクリームが、たっぷりと添えられている。

それは、昔ながらの素朴《そぼく》さと、入念な計算の上で構築された斬新さを併せ持つ、このサロンでしか食べられない逸品だった。

「壮馬、紅茶占いをするから、あとで準備をお願いね」

「はい、マダム」

壮馬は義理の母である琴葉を、マダムと呼ぶ。ゲストの前だけなのかもしれないが、趣《おもむき》があっていいな、といちいち感心してしまう。

「望さん、冷めないうちに召し上がってね。お話の続きは、あとでしましょう」

立ち上がった琴葉に、はいと頷き、カトラリーを手に取った。

ホットケーキの真ん中にナイフを入れ、ひと口サイズに切り取って、まずはそのまま食べる。

北海道産のきめ細かな小麦粉、種子島《たねがしま》産の洗双糖《せんそうとう》、濃厚な旨《うま》みのある平飼い卵など、厳選した食材による生地を、特注の銅板で丁寧に焼き上げるというホットケーキ。みっちりと中身が詰まっており、甘さは控えめで食べ応えがある。小麦や卵の味がしっかりと感じられるのが素晴らしいし、生地に染み渡ったバターの風味もたまらない。

食べ終わって紅茶を飲むと、渋みが口内を洗い流し、味覚を整えてくれる。続いて、ブラッドオレンジのホイップクリームを生地にまとわせ、一緒に口の中へ運ぶ。

ブラッドオレンジの爽やかな酸味と生クリームのコクが合わさって、身体中が幸福感で満ちていく。これはもう、イチゴと生クリームに負けずとも劣らない組み合わせと言えるだろう。果肉の粒々とした食感も、最高のアクセントだ。ひんやりとしたケーキもいいけれど、熱々のホットケーキと冷たいホイップクリームも、その温度差が絶妙なコントラストを生み出している。

今夜はブラッドオレンジだが、その前は姫リンゴだった。洋ナシだったときも、栗の甘煮だったこともある。週ごとにホイップクリームに混ぜる季節の果物が変わるので、まったく飽きることがない。むしろ、次はどんなフルーツを入れてくれるのか、楽しみになってしまう。

最後は、琥珀《こはく》色のメープルシロップをたっぷりとかけて、口一杯に頬張《ほおば》った。ハチミツよりもさっぱりとした甘さで、メープルの風味が濃い。バターとこれほど相性のよいシロップは、メープル以外にないと断言したくなる。何を隠そう、メープルシロップは望の大好物。そのまま紅茶に入れてもいいし、料理のソースやドレッシングに混ぜてもいい、使い勝手が良くて味も最上級。そんな純度一〇〇％のメープルシロップのお陰で、ホットケーキ自体の味も、さらなる高みへ上がっている。もう、カトラリーを動かす手が止められない――。

あー、幸せ。彼氏の悩みなんて、どうでもよくなってしまいそう……。

ホットケーキを完食し、ストレートティーを飲み干して余韻《よいん》に浸っていると、温めたミルクポットを手に琴葉が近寄ってきた。

「はい、次はミルクティーを試してみてね」

「わ、ありがとうございます。琴葉さんの紅茶、いつもながら美味しいです。ホットケーキも」

「そう言ってもらえるとやりがいがあります。ねえ、壮馬？」

琴葉の背後から音もなく壮馬が入ってきて、「ええ、本当に」と答えた。

サラサラの茶髪と、奥二重の茶色い瞳。笑うとできるエクボがなんとも可愛《かわい》らしい。二十歳という実年齢よりも、幼く感じてしまう。

「壮馬さん、本当にすごい腕前だと思う。すぐ有名パティシエになっちゃいそう」

「そんな、僕なんてまだまだですよ」

にこやかに答えてから、壮馬は手にしていたトレイを望の隣の席に置いた。

「マダム、こちらに準備しておきます。いつでもどうぞ」

「ありがとう。望さん、ミルクティーを召し上がったら、こっちで別の紅茶を飲んでほしいの」

「もちろんです。占いのための紅茶ですよね？」

「そう。占うのに最適な、ニルギリ紅茶のブロークンタイプの茶葉を用意したわ。それからね」

ちらり、と奥にいる壮馬に目をやってから、琴葉は言った。

「うちの壮馬が茶葉のシンボル鑑定に長《た》けてるのよ。手伝ってもらってもいい？」

姿勢良く立つ壮馬が、感じのいい笑みを口元に浮かべている。

「は、はい。なんか緊張しちゃいそう……」

肩が強張ってきたような気がして、思わず首を左右に振った。

「大丈夫よ。ここで起きたことは絶対秘密にする。きっと、すっきりした気持ちで帰れると思う。その前に、さっきのお話の続きをお聞きしたいわ。彼氏さんの何が問題なの？」

にっこりと微笑み、琴葉が目の前のアームチェアに品よく腰かけた。

望は二杯目の紅茶にミルクを落とし、濃厚なミルクティーを味わいながら、彼氏にまつわる疑念を語り始めた。

「うちの彼……高峰信《たかみねしん》って名前なんですけどね、信じるの信。彼とは今年の一月の半ばにスポーツジムで知り合ったんです。信がそこでトレーナーをやってて、ものすごく丁寧に指導してくれたんですよ。ストレス解消とダイエットを兼ねて通い始めたんだけど、器具の使い方も知らなかった初心者のわたしのために、取り組みやすいメニューを熱心に考えてくれて。いつも体調にも気を配ってくれるし、いい人だなと思ってたら、彼も新米トレーナーだったんです」

今思えば、不慣れな者同士だったから、余計にシンパシーを感じ合ったのかもしれない。

「信は、田舎《いなか》の実家から上京してきたばかりだったんですよ。あ、そういえば、まだ出身地をちゃんと聞いてなかったな。西のほうだって言ってたけど、関西弁の訛《なま》りは全然ないんですよね。……あの人、あまり自分のことを話してくれないんです。まだ会ってから間もないし、ゆっくり聞き出せばいいと思ってたんですけど、急速に親しくなって付き合うようになったんです」

実は、出会ってからひと月も経たないうちに、信から告白されたのだった。

――あ、あの、僕と、付き合ってもらえないかな？

少し照れ臭そうに、いかにも生真面目《きまじめ》そうに、直立不動で言ってくれた信。

……うれしかった。感動で少し震えてしまったほどに。

　本当にわたしでいいの？　と訊《き》き返したら、「君がいいんだ。頑張り屋の君といると元気になれるから」と、やさしく微笑んでくれた。あのときは幸せだったな、とセンチメンタルな感情で揺れそうになったのだが、どうにか心を落ち着かせた。

「そんな信が不気味だと思ってしまったのは、ホワイトデーのプレゼントなんですけどね。その前にも変なことがあったんです。そこから話しますね」

居住まいを正してから、目の前に座る琴葉と、その奥に立つ壮馬を交互に見た。

「付き合うことになってすぐの二月十日に、わたしのジム仲間のナミって女子と信と三人で、信のマンションで飲み会をやったんですね。狭いけど清潔感のある1DKの部屋。信は料理が得意で、美味しいヒレカツサンドとポテトフライをたくさん作って、大皿に盛って出してくれたんです。『食べ切れなかったら持ち帰って』って笑いながら。かなりのボリュームだったんだけど、わたしもナミも頑張って全部食べたんです。信よりわたしたちのほうが食べたんじゃないかな。そしたら……」

とても不可解だったあの飲み会を、思い出しながら続ける。

「信がキッチンで何かやり始めたので行ってみると、今度はツナと玉ねぎのサンドイッチを作ってたんです。『なんで？　もうお腹一杯だよ？』って止めようとしたら、『ごめん、足りなかったかもしれないと思って』なんて言うんですよ。結局、新たに作ったサンドイッチはわたしとナミが持ち帰ることにしたんだけど、ちょっとズレてるところがあるっていうか……。ナミも呆《あき》れちゃって、『なんか変な人だね』とか言われて、恥ずかしかったな」

どう考えても、ボリューミーなヒレカツサンドとポテトフライを食べ切ったあとで、ツナと玉ねぎのサンドイッチなんて胃に入るわけがない。空気が読めないにも程がある。

「そんなこともあったけど、根はいい人だと思ってたので、バレンタインデーにチョコと手編みのニット帽をプレゼントしたんです。わたし、編み物が得意なので、彼が好きだって言ってた四つ葉のクローバーのマークを毛糸で編んで、白い帽子のポイントとして左側につけました」

四つ葉が好きだと知ったのは、付き合うようになってからだった。

ふたりで新宿《しんじゅく》の洋食店で食事をして、食後に紅茶を飲んでいたときのこと。その店のオリジナルのカップとソーサーに、三つ葉のクローバーとピンク色の花がちりばめられていた。店員から、「この中にひとつだけ四つ葉が交じっているんですよ」と言われて探した結果、信が先にカップの取っ手の近くにひとつだけあった四つ葉を見つけた。「あった！　僕、四つ葉のクローバーが大好きなんだ」と無邪気によろこんでいた彼の笑顔が、とても眩《まぶ》しかった。

あの瞬間、望は思ったのだ。この人とずっと一緒にいたい、と。それで、白いニット帽のポイントに四つ葉をつけて、ふたりの思い出にしようとしたのだった。

「そのニット帽をあげたときは、『防寒の帽子が欲しかったんだ。四つ葉のマークもいいね』って、よろこんでくれたんです。だけど……」

包みを開けて帽子を見たときは、うれしそうに笑っていた。それは間違いない。

「あげてから一度も、わたしの前で被《かぶ》ってくれないんです。頭を怪我《けが》したわけでもなくて、ずっと寒い日が続いてたのに。もう春になっちゃうのに……。もしかして無くした？　って聞いたら、『大事にしてある。いつも被るの忘れてごめん』って謝ったんだけど、なんだか納得がいかなくて……」

なぜ被ってくれないのか、何か理由があるような気がする。もしかすると、本当は手編みの帽子なんて、彼には重たかったのかもしれない。

「それで、もう駄目なのかな、なんて思ってたら、一昨日《おととい》のホワイトデーの夜に、決定的なことが起きたんです。バレンタインのお返しだって、信が花束と一緒にくれたプレゼントが、かなり不気味だったんですよ。今、写真を見せます」

バッグからスマホを取り出し、琴葉の前に突きつけた。壮馬も画面を覗き込んでいる。

それは、『666』と中央に黒でプリントされた、生成りのトートバッグだった。

「666って、悪魔の数字ですよね。聖書に記されてる不吉な数字。わたしなんだか怖くなっちゃって、『体調が悪いから帰る』って、そのときいたカフェから立ち去ったんです。それだけじゃなくて、もうひとつ怪しい事実が発覚したんですよ」

喉《のど》が渇いてきたので、ミルクティーで素早く潤《うるお》した。

「このプレゼントをカバンから取り出したとき、彼が財布を落としたんです。わたしが拾って手渡したんだけど、マイナンバーカードが見えたんですよ。そのときは気づかなかったんだけど、よく考えたらおかしいんです。あの人、わたしと付き合うときに『一月で二十六歳になった』って言ってたのに、本当はわたしと同じ二十五歳だったんです」

カフェから出て帰る道すがら、それを思い出して声をあげそうになった。

「信のマイナカードの誕生日が、二〇〇〇年の一月二日だった。つまり、今年の一月に二十五歳になったはずじゃないですか。それなのに、一歳上の二十六だと偽ってたんですよ。なぜそんな嘘《うそ》をついたのか、なぜプレゼントに悪魔の数字を選んだのか、意味がわからなくて怖いんです。……もしかしたら、詐欺《さぎ》のカモにでもしようとしたのかな、なんて思うと、信と話すのもなんだか怖くなって……」

訴えているうちに、ホワイトデーの夜からずっと、得体の知れない恐怖が根底にあったことにやっと気づいた。それを誤魔化すために、わざと送別会に出たりこのサロンに来たり、忙しい振りをしていた。要するに、現実逃避をしていたのだ。

琴葉と壮馬は、黙ったまま考え込んでいる。

「……昨日の夜、この話をナミに電話でしたんですね。そしたら、こんなことを言われたんです。『信には、亡くなったお兄さんがいたんじゃないか』って」

「お兄さん？　なんでそう思ったのかしら？」

ようやく琴葉が言葉を発した。

「ナミってオカルト好きで、発想がぶっ飛んでるんだけど、意外と核心をついたことを言ったりもするんですよ。そんな彼女が、わたしの話から推理したんです」

かなり突飛な推理で、電話では聞き流してしまったのだけれど、実は少し気になっていた。

「信にはひとつ年上のお兄さんがいて、その人の悪霊が弟に取り憑《つ》いている。だから、自分は兄と同じ二十六歳だと思い込んでいる。それで、悪魔の数字６６を選んでしまった。カツサンドのあとにツナと玉ねぎのサンドイッチを作ったのは、玉ねぎが悪魔の嫌うものだから。自分の中で抵抗している本当の信が、つい魔除《まよ》けで用意してしまった。だけど、結局は取り憑かれたままで、帽子につけた四つ葉のマークが十字架に見えた。悪魔は十字架を避けるから、頑《かたく》なに帽子を被らなかった。……ちょっと信じがたいけど、一応、辻褄《つじつま》は合うじゃないですか。もちろん、詐欺師の可能性も捨て切れないけど」

悪魔の話をしていたら、突然、背筋がぞくりと寒くなってきた。

「……まさかとは思うけど、四つの葉を中心でくっつけただけのクローバーは、確かに十字架っぽく見えなくはないんです。十字架がついた帽子だから、被ってもらえなかったのかもしれない。本当にひとつ年上の兄を亡くしていたのだとしたら、その人の悪霊に取り憑かれているのなら、わたしはこの先、信とどう向き合えばいいんでしょう。メールも電話も無視し続けてるんだけど、このままスルーして大丈夫なんでしょうか?」

取り乱しそうになりかけたら、「すごいな」と、壮馬が口を挟んできた。

「ナミさんは想像力の逞《たくま》しい方なんですね。僕にはない発想なので感服しました。でも、きっと大丈夫。そんな非現実的な話じゃないと思いますよ」

「そうならいいんだけど……」

見た目はあどけないが物腰の落ち着いた壮馬に言われたので、なんとか理性を取り戻せた。

「マダム、そろそろ紅茶占いをされたらどうでしょう。僕、ポットにお湯を入れてきますので」

「そうね、お願いするわ。……望さん、いろいろと大変だったのねえ。悩んじゃうのも納得よ。さ、お隣の席に移ってくださいな」

琴葉の屈託のない明るさも、確実に心をなだめてくれる。

「あのね、壮馬には真実を見抜く力みたいなものがあるの。あの子が非現実的な話じゃないと言うなら、そうなんだと思う。まずは、この先どうすれば良くなるのか、占ってみましょうね」

占いなんかで問題が解決するのか、密かに疑問を感じ始めていたのだが、せっかくの厚意なので大人しく従うことにした。

「――では、ティーカップに湯を注ぎます。茶葉が開いてきたら、占いたいことを思い浮かべながら、ほんの少しだけ残して飲んでください。茶葉は飲まないでリラックスしてくださいね」

琴葉に言われた通り、カップの三分の一くらいの量だった紅茶を飲んだ。「信とこの先どうしたらいいのか」と、心の中で唱えながら。

「次は、このカップを時計の反対回りに、三回転させてください」

こういった占いには付き物の儀式。紅茶の苦みを感じつつ、その通りにカップを回していく。

「それでは、カップをソーサーの上に伏せて置いてください。お茶が零《こぼ》れると思うけど、それは気にしないで。お茶が全部ソーサーに垂れるまで、そっとしておいてください」

伏せたカップをソーサーに置くと、しばらくしてから、そのカップを琴葉が取り上げた。

カップの中に残った茶葉が、底や縁にこびりついている。

「この茶葉からシンボルを読み取ります。持ち手を右にして、形や位置を見ていきます。シンボルがカップの右に出ると未来、左なら過去。縁に出ると近い未来、中央の底にあるのは最終的な未来だと、私は解釈します。たとえば、ここ」

彼女が指差したカップの縁に、何かの模様に見えそうな茶葉の塊《かたまり》がある。

「ほら、縁にハートのような形が見えるでしょ」

そう言われると、やや歪《いびつ》なハートのマークに見えてくる。

「愛を象徴するハートが、近い未来を意味する縁に出た。これは、恋愛運が強まっているということ。でも、形がはっきりしていないから、不安定な恋愛となります。まさしく今の状況ね」

「その不安定な現状を、どうすればいいんですかね？」

「茶葉を見て。何かシンボルを探してほしいの」と、琴葉がカップの中をこちらに向けた。

「ハートのような記号、動物、人物、家具、文具、食べ物、乗り物、文字、本当になんでもいいのよ。正解探しじゃないから、思いついたシンボルを言ってみて」

熱心に言われて、カップ内に散らばった茶葉をじっと眺めた。

……駄目だ。集中していると、目がおかしくなってくる。

「あの、小さな茶色い虫が、うじゃうじゃと動いているように見えるんです。それってシンボルじゃないですよね。錯覚かな……」

カップから目を背けた望に、琴葉が気の毒そうな視線を向けている。

「そう。精神的にかなり参ってるみたいね。わかりました、もう探さなくて大丈夫よ。じゃあ、壮馬。私たちでシンボル鑑定をしましょう」

言われた途端に、琴葉の背後にいた壮馬が、カップの左側を指差した。

「マダム。過去を表す左手に、三日月のようなシンボルがあります」

「三日月……？」

眉をひそめた琴葉は、「そうね。こういうのはインスピレーションだから」とつぶやいた。

望もどうにか目を凝らしてみたのだが、どこが三日月なのか、茶葉が密集していてよくわからない。やはり、小虫の集合体としか思えない。

「タロットにおける月は、嘘や秘密を意味します。過去についた嘘。それはおそらく、信さんがついてしまった嘘のことね。彼には、望さんに隠してしまった秘密がある」

「ええ、僕もそうだと思います」

自信たっぷりに、壮馬が同意する。意外と押しの強い性格のようだ。

「なんだか、嘘だらけのような気がしてきました。何が本当だったんだろう……」

涙がじわりと滲《にじ》んできたとき、自分の本心に気がついた。

わたしはまだ、信のことが好きなままなのだ。

自分のことはあまり話さないけど、聞き上手で笑顔を絶やさない信。どんな話をしても楽しそうに聞いてくれる彼とのひと時は、大きな癒しと安心感を与えてくれた。ファッションには無頓着でオシャレなお店も知らないけれど、そんなことはどうでもよくなるほど魅了されていた。

――彼は今、ジムでの仕事を終えて、家に帰る支度をしてる頃だろうな……。

想像したら胸の奥が微《かす》かに疼《うず》いた。たとえ詐欺師だろうが悪魔憑きだろうが、もう一度信に会いたいと、強く思ってしまった。

「マダム、次はここを見てください」

また壮馬がカップを指差す。今度は右側だ。

「蝶々《ちょうちょう》がいます。二匹。僕にはそう見える」

「蝶のシンボルは、成功や幸運の印よ。それが未来を示す右側に二匹いるということは、二という数字に注目しないとね。二。その意味は、〝再び〟〝ふたりで〟。つまり、もう一度ふたりで、何かをすれば幸運が訪れる」

「いいですね、僕の思った通りだ。マダム、ふたりで何をすればいいんでしょう?」

正直なところ、望にはまったくシンボルが見えないし、琴葉にも見えているのか疑わしかった。壮馬が適当に言うことを、真に受けているような気がしてならない。

――ふいに、昔どこかで見た、心理テストを思い出した。

確か、「ロールシャッハテスト」という名称だ。インクが広がった染みを見せて、それが何に見えるのか答えさせるのだ。黒いモンスターに見える人もいれば、美しい鳥だと思う人もいる。その感じた事柄から心理分析をしていくのである。もしかすると、この占いもその類《たぐい》なのではないだろうか。

そんな望の思考など知らずに、琴葉は目を細めてカップの中を見つめ続けている。

「……あ、角だ。左側に見えませんか。羊のような丸い角。これは……デビルの角かな」

またもや壮馬が言い出した。

すでに望は、この占いに猜疑心《さいぎしん》を抱いていたのだが、デビルのひと言に反応してしまった。

「デビル？　悪魔ってこと？　やっぱり、あの人は悪魔に取り憑かれていた？」

「いいえ、デビルが示すのは悪魔そのものじゃないの。たとえば……手酷《てひど》い裏切り、とか」

「マダム、素晴らしい！」

もはや別人のように目をぎらつかせた壮馬が、琴葉に拍手を送っている。

「要するに、信さんは誰かに裏切られた過去があるんですね。そのせいで、望さんに秘密にしてしまったことがあるんだ。それを解決するには……。ほら、カップの真ん中を見てください。僕には星のマークが見えます。五芒星《ごぼうせい》、ペンタクルだ。それがふたつもありますよ」

真ん中には、茶葉がほんの僅《わず》かしかついていなかった。五芒星のシンボルなんてあるわけがない。

もう、壮馬が出任せを言っているとしか思えない。

「ペンタクルの二。それは、〝コミュニケーションによる変化〟。もう一度ふたりで対話をすれば、幸福な未来に繋《つな》がる。そんな感じかしら」

「お見事です、マダム」と、うやうやしく壮馬が一礼をした。

……なんだか、三文芝居を見せられたような気がして、不快感すら湧いてきた。

「これで解決策は見えましたね」

壮馬は誇らしげに胸を張った。

「望さん、彼が何を隠しているのか、ちゃんと尋ねてみてください。自分は過去の誰かのように裏切ったりしないと伝えれば、きっと本当のことを話してくれると思いますよ。ねえ、マダム？」

「そうね。……もうそろそろ、占いごっこは終わりにしましょうか」

いかにも愉快そうに、琴葉が笑みを浮かべている。

何が起きたのか、まったくわからない。頭が混乱して、眩暈《めまい》を起こしそうだ。

「壮馬。あなたにはもうわかってるんでしょ、信さんの隠し事。はっきり言ってちょうだいな」

「隠し事？　琴葉さん、壮馬さん、どういうことですか？」

呆気《あっけ》に取られた望の前で、壮馬がニヤリと不敵に笑った。

「もちろん、僕にはわかってますよ。マダムにはわかりましたか？」

「いいえ、残念ながら。やっぱり私には、壮馬のような洞察力がないみたい」

ふう、と息を吐いてから、壮馬は鋭い目つきで言った。

「一体なぜ、わからないのですか？　ヒントはたっぷり望さんが出してくれたのに。なぜわからないのかが、僕にはわからないな」

エクボが愛らしいと思っていた二十歳の男子が、義理の母親に不遜《ふそん》な言葉を投げかける。

これが、この少年のようなパティシエの本性なのだと、望ははっきりと悟った。


「ちょっと待って。置いてけぼりにしないでください。壮馬さん、信の何がわかったの？　わたしの話を聞いただけなのに、彼の隠し事がわかったんですか？」

詰問口調になってしまった望に、「それは」と壮馬が何か言おうとしたのだが。

「待って、先に謝らせて。望さん、ごめんなさいね」と、琴葉が頭を下げてきた。

「本当はね、あなたにどんなシンボルが見えるのか答えてもらって、その答えから心理状態を見極めて、前向きな気持ちになれるようにアドバイスをするつもりだったの。それが、私の紅茶占いの目的。いつも誰かを占うときは、そうしてるのよ」

やはり、ロールシャッハテストをやろうとしていたのだ。

「でも、たまに壮馬がね。相手の話を聞いただけで、悩みの裏に隠された真相を見抜いてしまうの。今日がそうだった。だから私は、壮馬の言う通りにシンボルを読み解いたのよ。壮馬は、わざと答えを誘導してただけ。失礼だと感じたかもしれないわね。本当にごめんなさい」

「それはもういいです。真相ってなんですか？　お願いだから教えてください」

　壮馬に向かって、再び問いかけた。

「すべては、思い込みと先入観ですよ」

「思い込み……？」

　その真意が知りたくて、口角を少し上げている壮馬を見つめた。

「そう。望さんは、信さんを関西出身の男性だと思い込んでいた。だから、彼の取った行動が奇異に映っただけなんです」

「関西じゃない？　だったらどこの出身なんですか？　なぜわかるんですか？」

　つい、質問を重ねてしまう。自分の話の中に出身地のヒントがあったのだろうかと、瞬時に考えを巡らせてみたのだが、皆目見当がつかない。

「なぜわかるのか、からお答えしますね。物事をひとつの方向から見ただけでは、その全体像を把握できませんよね。料理も一緒で、素材の一面だけでなくあらゆる可能性を見出して、どんな風に調理したら目指す味に到達するのか、頭の中で筋道を立てていきます。そういった意味では、料理と推理は似ているのかもしれません。どんな風に考えたら謎《なぞ》の答えが導きだせるのか、筋道を立てていくのだから。ただし、そこに必要不可欠なのが、知識や情報です」

どこか楽しそうに、壮馬は話を続けている。

「僕は今、パティシエ専門学校で学んでいます。インターナショナルな校風なので、生徒の中にはいろんな国籍の人がいる。彼らと接して知識を得ている僕だから、真相に気づけたんだと思います」

国籍？　それはつまり……。

「信は、日本人ではないってこと……？」

ささやくように言うと、壮馬は即座に答えた。

「いえ、国籍までは断言できませんけど、少なくとも日本で生まれ育った方ではない。信さんは望さんに、西のほうの出身だと言ったんですよね。それは関西ではなく、日本から見て西側にある国。おそらく、中国のどこかで育った人なんだと思います」

……中国のどこかで育った人――。

返ってきた答えが意外すぎて、なかなか腑《ふ》に落ちていかない。

「もしかしたら、中国で日本人の方に育てられて、中国語でも〝シン〟と読む信と名づけられたのかもしれない。彼は最近日本に来たから、文化の違いを理解できていなかった。だけど、正直にすべてを話すと、望さんが自分から離れてしまう可能性があった。きっと、そのことで傷ついた経験があるのでしょう。世の中には、自分の理解が追いつかないことを、偏見という色メガネでしか見られない人がいますからね。それで、信さんと望さんとのあいだに、齟齬《そご》が生まれてしまった」

壮馬が静かに穏やかに語る。

名パティシエでも生意気な息子でもなく、さながら安楽椅子《あんらくいす》探偵のように。

「そう考えると、望さんの疑念もすべて説明できるんです。まずは、望さんと信さんとナミさんが、三人で飲んだ日の話からしましょうか」

「お願いします。全部解き明かしてください」

祈るように両手を組んだ望に、壮馬は小さく頷いた。

「彼はヒレカツサンドとポテトフライを望さんたちが食べたあとで、別のサンドイッチを作ったんですよね。それを望さんは不審に感じてしまった。では、一体なぜ、信さんはそんなことをしたのか。きっとそこには、中国ならではの習慣があったんだと思います」

「中国ならではの習慣……？」

それが何なのか想像すらできず、ただ繰り返すことしかできない。

「食事の習慣やマナーにはいろいろなものがありますよね。日本だと、『床に片膝を立てて食べるのは行儀が悪い』とか。でも、それが別の国だとまったく異なったりします」

「わかった、たとえば韓国ね」と、琴葉が話に入ってきた。

「サブスクの韓国ドラマで何度も観たわ。韓国ではチマチョゴリを着た女性が、片膝を立てて食べるのは正式なマナーなのよね。片膝を立てるのが一番座りやすくて、服が美しく見えるから」

「その通りです、マダム。では、日本で誰かに食事を振る舞われたとき、それを残すのはマナー違反になりますか？」

「……まあ、そうね。強制はできないけど、なるべく残さないようにするのが一般的なんじゃないかしら。実際に望さんたちも、信さんのヒレカツサンドとポテトフライを食べ切ったわけだしね」

「そうですね、かなり頑張りました。美味しかったけど、あとで胸焼けがしちゃいました」

その瞬間、大皿一杯に盛られた信の手料理が、まざまざと思い浮かんだ。

マスタードを利かせたソース味のヒレカツサンドと、青海苔《あおのり》入りのポテトフライだ。三人前どころか、五人前くらいあったのではないだろうか。

「ですが、日本とは真逆の習慣を持つ国がある。それが中国なんです」

壮馬が言い切った途端、望の胸に暗い不安の影が押し寄せてきた。

「中国の方の中には、『おもてなしのときは食べ切れないほど料理を出す。もてなされる側は出された料理を少しだけ残す』という習慣を持つ人が、今もいらっしゃるんですよ」

「そ、そんな……」

暗い影が膨れ上がり、声も上ずりそうになった。

自分たちは残すどころか、添えてあったパセリの葉まで食べ尽くしたのだ。

「そんな習慣なんて知らない。わたしもナミも、残したら悪いと思って食べたんですよ」

「もちろん、それが日本の考え方です。でも、中国では全部食べてしまうと、『その料理だけでは満足できなかった』ということになるんですよ。昔はレストランでも誰かの家でも本当に残していたけど、最近はフードロス防止で残したら持ち帰るようにしているそうです。だから彼は、多めに作った料理が全部無くなったのを見て、つい別のサンドイッチを作ってしまったんじゃないでしょうか。身に沁《し》みついてしまったおもてなしの習慣で」

「おもてなし……」

呆然《ぼうぜん》とした望の目前で、琴葉が「なるほどね」と腕を組んだ。

「中国は、あらゆる分野で近代化が目覚ましいけど、日本とは比べ物にならないくらい、伝統や風習を重んじる国だものね。十分あり得るわ」

——ごめん、足りなかったかもしれないと思って。

申し訳なさそうに言った信の顔が浮かんで、今度は胸の奥が締めつけられる感覚がした。

今の話が本当なら、信は空気が読めないのではなく、むしろ読めるからこそ、あんな行動を取ったのかもしれないではないか。だとしたら、自分はどうすれば……。

「信さんが手編みの帽子を被らなかった理由も、僕には想像がつきます」

考え込みそうになった望の意識を、再び壮馬の声が引き戻した。

「きっと彼は、望さんの帽子を被るのが恥ずかしかったんだと思います」

「恥ずかしい？　わたしの編み方が雑だったとでも言いたいんですか？」

つい憤慨しそうになった。編み物の腕には自信があるのに、決めつけるなんて酷すぎる。

「ちょっと壮馬、その言い方はないでしょう。望さんに謝りなさい」

「ああ、失礼しました。僕の説明不足です」

義母に注意され、息子が急いで頭を下げる。——なんだか可愛く思えてきた。

「あのですね、編み方の問題じゃないんです。望さんが白いニットの帽子につけたのは、緑色のクローバーじゃないですか？」

「そうです。緑の毛糸で編んだクローバー。それが何か関係してるんですか？」

白い帽子の左側に縫いつけた、緑色の四つ葉のクローバー。信との思い出を残したくて、わざわざ目立つようにつけたのだ。

「関係があるのは色です。中国人男性は、緑色の帽子を絶対に被らない人が多いんですよ」

緑の帽子の何がいけないのか、またもや想像ができずに首を傾げてしまった。

「実は、あの国には『緑は不倫された男の色』という、迷信のようなものが根づいているんです。なぜそうなったのかは、『その昔、妻を寝取られた男性が緑の帽子を被らされたからだ』とか、諸説あるので割愛しますが、こんな実話もあります。二〇一〇年に日本のヤマト運輸が、中国支社で緑の帽子を制服にした。すると現地の従業員たちに猛反対されて、帽子の色が変わった」

「それ、ネットニュースで読んだことがあるわ。緑だったのがベージュの帽子になったのよね」

「さすがマダム、よくご存じで。なのになぜ……」

「わからなかったのか、って言いたいのね。しょうがないでしょ、壮馬ほどの洞察力がないだけよ。話を戻すと、それほど緑の帽子を避けたがる男性が、中国には根強く存在するのよね」

「そんなの、まったく知らなかった……」

つい漏らしたら、「ええ、あなたのせいじゃない。単純に文化の違いですよ」と、柔らかな壮馬の声が返ってきた。なんだか心が和む声音だ。

「信さんは、望さんの気持ちはうれしかったけど、緑色が目立つ帽子を被るのには抵抗があったわけね」

琴葉が話をまとめると、彼女の顔を壮馬が覗き込んだ。

「そう。たとえば、僕がマダムに派手な振袖を贈ったとして、それを人前で着られますか？」

「んー、振袖はちょっと無理かな。あれは若い未婚女性が着るものって固定観念があるからね。昔の未婚女性は長い袖を振ることで愛情を表現したらしいの。それを既婚女性がするのはご法度だったのよ。もちろん、壮馬のプレゼントの振袖なら着てみたいけど、恥ずかしくなりそうだわ」

と言いながら、色留袖の先をゆらりと振ってみせる。

「つまり、昔の風習が今も根づいているわけですね。緑の帽子もそれと同じなんだと思いますよ」

訳知り顔の壮馬。そうだったのか、と望も納得するしかない。

まるでオセロゲームのように、黒だと思っていたものが白に引っくり返っていく。

「それから、６６６の件ですが、この数字の並びを悪魔と結びつけてしまうのは、七〇年代に大ヒットしたホラー映画、『オーメン』の影響が大きいのだと思います。僕もサブスクで観ましたが、悪魔の子である主人公の頭部に、666の痣《あざ》がありましたからね。それで、主に欧米諸国や日本ではそう思ってしまう人が多い。でも、中国では違う。あちらでは666は幸運の数字なんですよ。『物事が順調で素晴らしい』という意味があるので、信さんもそのつもりでプレゼントした」

「幸運？　だとしたら……」

自分は、とんでもなく愚かな思い違いをしていたのかもしれない。

「そう。彼が666のトートバッグを選んだ理由は、たったひとつ。『あなたによろこんでほしかった』からです。僕は、そうなんだと思います」

壮馬は磨かれたアンバーのごとく光る茶色い瞳に、憐憫《れんびん》の色を宿している。

――僕はセンスが悪いから、こんなのしか選べなかったんだけど……。

包装されたバッグと小さな花束を差し出した信の、気恥ずかしそうな表情が浮かび上がった。

……最悪だ。自分がいかに先入観で凝り固まっているのか、はっきりと突きつけられた。ホワイトデーのプレゼントをしただけなのに、体調が悪いと急に帰ってしまった自分を、信はどんな気持ちで見送ったのだろう。それを考えると、申し訳なさでまた胸が苦しくなる。

「最後に、二〇〇〇年の一月二日に生まれた信さんが、二十五歳のはずなのに二十六歳だと言った理由。これはきっと、中国には今でも自分の年齢を〝数え年〟で認識する方がいるからです。数え年だと、生まれたときがすでに一歳。母親のお腹に宿った瞬間が命の始まり、という考え方なんですね。中国の数え年の場合、誕生日で年を取る満年齢とは違って、春節、つまり旧暦の正月を迎えるたびにひとつ年を取ります。今年は一月二十九日が春節でした。なので信さんは、一月の春節に数え年で満年齢より一歳上の二十六になった。それだけのことだったんじゃないかな」

……すごい。すべての辻褄が合ってしまった。もう、これが真相だと思わざるを得ない。信は詐欺師でも悪魔憑きでもなく、ただ誠実に自分と付き合おうとしていただけなのだろう。

「要するに、すべてわたしの勘違いだったわけですね……」

うつむいてしまった望に、壮馬が思いのほかやさしい声で言った。

「基本的に、信さんは悪質な嘘なんてついてない気がするんです。ただ、本当のことを話せなかっただけ。だから望さん、うちのマダムが言ったように、もう一度ふたりで対話をするべきです。あなたがまだ彼に想いがあるのなら、ですけど」

「あります！」

気負いもてらいもなく、叫んでしまった。

「壮馬さん、真相を見抜いてくれてありがとう。琴葉さん、素敵な占いをしてくれて感謝します。わたし、これから信のところに行きます。行って話してきます」

わたしは、裏切ったりしない。たとえ国籍も文化も風習も、何もかもが自分とは違っていたとしても、この気持ちだけは変わらない自信がある。

——あなたが、好き。だからもう、何も隠したりしないで。

そう伝えよう。勘違いをしっかり謝って、素直に話し合うんだ。

「私も、それがいいと思うわ」と、琴葉が柔和に微笑んだ。

「それにしても壮馬、よくわかったわねえ。インターナショナルな専門学校に行かせて、大正解だったのかしらね」

「親しいクラスメイトに北京《ペキン》出身の男子がいるんですよ。カルチャーギャップについて話し合ったことがあったので、割とすぐにわかりました。でもマダム、このサロンにも海外の方がいらっしゃいますよね。中国の方も。それなのに……」

「はいはい、わからない私が悪うございました。そんなことより、望さん。もう遅いから気をつけて行ってきてね。そうだ、お土産《みやげ》用のクッキーの詰め合わせを持ってってくださいな。壮馬が焼いてるの。信さんにプレゼントするわ」

「それはいいアイデアだ。彼によろしく伝えてください」

最後まで気を遣ってくれた琴葉と壮馬に、ありがとうございます！　と勢い良く礼を述べ、急いで会計を済ませてミント邸を飛び出した。

クッキーの紙袋を揺らさないように注意しながら、スマホを取り出して信の番号へかける。

——お願いだから電話に出て。固定観念に囚われていたわたしを許して。お願いします！

なかなか通話にならないことに気を揉《も》みながら、望は通りかかったタクシーに片手を上げた。

※

自動改札を出るや否や、萩原望は小走りになった。

時刻は午後八時四十五分。あと十五分で、ラストオーダーになってしまう。

焦りで速まる鼓動を抑え、人でごった返す駅中を掻き分けるように進み、出口への階段を駆け上がる。煌々と灯りの点る商店街を横目に歩道を走り抜け、街灯もまばらな住宅街へと入っていく。

ハアハアと上がってきた息は、もう白くはない。四月半ばとはいえ、羽織っているコートを脱ぎたくなるほど今日は気温が高い。

望が一目散に目指している場所は、この閑静な住宅街の中にあった。月夜に包まれた今は建ち並ぶ家屋に溶け込んでしまっているだろうけれど、太陽の下で見ると異彩が際立つペパーミントグリーンの洋館。通称、ミント邸だ。

その一階にあるダイニングルームで、これから信とイブニングティーを楽しむのである。

新入社員の歓迎会で少し遅くなってしまった。時間に正確な信は、先に中で待っているだろう。

まずは、お世話になった琴葉と壮馬に、信を紹介しなければ。

彼は父親が日本人で、母親が中国人。母の実家がある山西省《さんせい》の小さな町で生まれ育ち、半年ほど前に父の母国にやって来た、現在は日本国籍の男性だ。ずっと中国国籍で日本国籍は留保していたのだが、成人した際に日本国籍を選択したらしい。

それを信が隠していた理由も、自分の勘違いも、すべて壮馬が指摘した通りだった。お陰で今は、なんでも話し合える恋人同士になれた。

そうだ、信にも琴葉と壮馬を紹介しよう。

素敵な紅茶占いをしてくれる母親と、たまに憎まれ口を叩《たた》く腕利きのパティシエの息子。

血の繋がりはなくても、ふたりは強い絆《きずな》で結ばれているのだと、信に教えたい。

それから、信と一緒に香り高い紅茶を飲んで、究極のホットケーキを食べるのだ。
きっと、絶対に、彼はこのサロンを気に入ってくれるだろう。
——ようやく、ミント邸の正面扉まで辿《たど》り着いた。
乱れた呼吸とほつれた長髪を、急いで整える。
そして望は、弾むような気持ちで、扉の横にあるチャイムを押した。

不純喫茶まぁぶる

竹岡葉月

竹岡葉月（たけおか・はづき）

1999年度ノベル大賞佳作受賞を経てコバルト文庫よりデビュー。以降、少女小説、ライトノベル、漫画原作など多方面で活躍する。著書に、「おいしいベランダ。」「谷中びんづめカフェ竹善」「犬飼いちゃんと猫飼い先生」「石狩七穂のつくりおき」などの各シリーズ、『恋するアクアリウム。』『音無橋、たもと屋の純情　旅立つ人への天津飯』『旦那の同僚がエルフかもしれません』など多数。

◆◆◆

さした傘が意味をなさないぐらいの細かい霧雨が降る中、わたしはちょっとした決断を迫られていた。

だってほら、スタバとかドトールみたいなチェーン店でもない、個人経営のよく知らないお店って、めちゃくちゃ入りづらくないですか？

わたしの現在地。通っていた御茶ノ水《おちゃのみず》の病院から明大《めいだい》通りの坂をてくてく下って、たまたま目についた路地を曲がったところ。ここに来るまで、何軒かマニアックな品揃《しなぞろ》えの楽器屋さんがあった。たぶんもうちょっと進むと、有名な神田《かんだ》の古本屋街になるはず。もうなってるのかな。ごめんちょっと自信ないです。

ともかく表通りにはスパイスの香り漂うカレー屋さんや、スープが自慢のラーメン屋さんをはじめとして、普通にランチを食べる場所は沢山あったと思う。ただそういうお店は、ものすごくものすごく混むのだ。

わたしってばお昼時の中途半端な時間に病院を出ちゃったものだから、めぼしいお店はどこも行列か満席。仕方ないからコンビニでおにぎりでも買って、近くの公園で食べるのも考えたけど、こんな天気で食べたらお尻濡れるし絶対風邪引く。百パー引く。

じゃあどうしようって思いながら、今後のことも考えつつふらふら歩いていたら、偶然たどり着いたのがこのお店だったたってわけ。


『純喫茶まぁぶる』


アスファルトの歩道上にちょんと置かれた、年代物の電飾スタンド看板に店名が書いてあった。まぁぶる、喫茶店らしい。

純な喫茶店があるなら、純粋じゃない喫茶店もあるのかなって一瞬だけ思った。だいたい年代物というなら、このお店全部が年代物だ。土地転がしの悪徳不動産業者に狙われそうな古いペンシルビルの一階にあって、入り口のテント屋根も半ガラスのドアも、窓にかかる孔雀《くじゃく》みたいなレースカーテンも、どこもかしこも退色して本来の色じゃなくなっている感じだ。

傘を傾けて上を見てみたら、二階以上にも占いショップや探偵事務所なんかが入っているみたい。

なんというか、全体的に古ぼけていてうさんくさい。わたしみたいな高校生の小娘が、ランチに入っていいお店じゃない気がする。

ただその時のわたしは、表通りの席取りゲームに完璧出遅れた人間で、こうしていても染みてくる湿気と冷気にいい加減うんざりしていたのだ。

外観があんまりにもレトロすぎるから、もしかしたらもうやっていないのかもという疑念も、ちょうど今お客さんがドアを開けて出てきたからそれはなしと払拭《ふっしょく》されてしまった。

けっこうなお年のおじいちゃんで、「さむさむ」と言いながら黒い傘をぽんと開き、ボア付きジャンパーの背中を丸めて古本屋街と思しき方面に向かって歩いていった。

（……えーっと。少なくとも営業中で、席も一つは空いてるってこと？）

もはやわたしの足を止める障害は、何もなくなっていた。念のためもう一回だけお財布を開けて、中にお母さんから貰《もら》ったランチ代がちゃんと入っているのを確認して、えいやとばかりに上半分がガラス入りのドアを開けてやったのだ。

かろん——綺麗《きれい》な音のドアベルが鳴った。

何もかもが変色あるいは退色していた外観と違って、店の中はオレンジがかったやわらかい光に満ちていた。

深いワイン色の床に、油絵の風景画を飾った漆喰《しっくい》の壁。木製の太い梁《はり》が通った天井からはガラス製のシャンデリアがさがって、店内の椅子《いす》やテーブルを優しく照らしていた。

脚の長いスツールが並ぶカウンターの向こうに、お店の人らしい男性がいた。髪はふさふさだけど白髪が半分以上交じったヘアスタイルから見て、六十過ぎぐらいかなと思う。白い半袖《はんそで》シャツに黒の蝶《ちょう》ネクタイを締めて、すごく姿勢のいいジエントルマンって感じ。ベルを鳴らして入ってきたわたしを見て、その人は深い笑いじわを作って微笑《ほほえ》んだ。

「いらっしゃいませ。お一人様ですか？」

洋画の吹き替えが似合いそうな、渋くていい声。わたし、すぐに声が出なくて、こくこくと首を振ってうなずく。

「カウンター――よりはソファ席がよろしいですね。こちらにどうぞ」

わたしの状態を見て案内してくれたのは、窓に近い四人がけの席だった。電車のシートみたいな布張りのソファ席で、低めの座面に腰をおろすとなめらかでふかふかだった。

お客さんの数は、あんまり多くない。カウンターで本を読んでいる女の人が一人。テーブル席に男の人が一人。そして今来たわたしの三人だけ。

テーブルの天板に、天井のシャンデリアが映っている。よくよく見れば細かい傷なんかがけっこうあるけど、それも時間を重ねた『味』っていうものなんだと思う。

あれだけ聞こえていた車の音もなくなって、今ここはひどく静かだ。

わたしはジェントルマンが置いていったおしぼりで手を拭《ふ》き、レモンの香りがするお冷やに口をつけ、備え付けのメニュー表を開いてみた。

分厚い合皮の表紙をめくると、思った以上に沢山メニューがあった。

冒頭のコーヒーだけでも、「まぁぶるブレンド」「ブルーマウンテン」「キリマンジャロ」「モカ・マタリ」「コロンビア」「グァテマラ」「ブラジル」「マンデリン」「メキシコ」「イタリアン」「アメリカン」「ハワイ・コナ」と大量だ。

(わわわ)

これに「カフェ・オ・レ」に「ウインナーコーヒー」と「カフェ・カプチーノ」、あれ？　上のブレンドとかとは違うものなの？

一気に襲いかかってきた大量のカタカナを処理できず、わたしはいったん目をつぶった。落ち着け。これはキャラメルマキアートにエスプレッソショットをカスタムで追加するのとは、別方向に大変だ。

わたしはお茶じゃなくてランチをしにきたんだからと、自分に言い聞かせてページをめくった。

軽食やデザート関係は、いつ撮影したかわからない写真も一緒に台紙に貼り付けてあった。

ケチャップ色の「ナポリタン」に、ひき肉の存在感たっぷりな「ミートソース・スパゲティー」。決してアラビアータやボロネーゼではないらしい。厚切りのトーストを焼いた「ピザトースト」に「クロックムッシュ」。サンドイッチは「ミックスサンドイッチ」に「玉子サンドイッチ」。ページをめくればホイップクリームとフルーツの競演な「いちごパフェ」に「プリン・ア・ラ・モード」！

正直に言います。わたし興奮しています。

まったく知らないわけじゃないけど、いざ食べようと思うと新鮮なメニューが沢山あって目移りするし、わくわくするでしょう。どうしよう。こんなの一つになんて決められないよ——。

「まあ、迷うよね。確かに悩む」

ページを行ったり来たりしながら悩んでいたら、声をかけられた。

テーブル一つ挟んで隣に座っていた、男のお客さんだった。

上下黒っぽい服で固めた、いかめしい顔つきのおじさんである。頭はほぼスキンヘッドだしアウターなんて革ジャンだし、癖《くせ》のある眼鏡《めがね》ごしにこちらを観察している感じだけれど、あんまり怖くないのはその人が巨大なバナナサンデーを食べている最中だからかもしれない。あれ、頼むとこんなに大きいんだ。写真じゃわからないもんだとまず思った。

「君、ここ来るの初めて？」

「はあ、まあ」

「ランチで何注文したらいいかわかんないならね、とりあえずナポリタン行っとくといいよ。ナポリタン」

「なぽりたん……」

「そう。ここのかなりおいしいから」

自分はチョコシロップのかかったバナナを食べながら、そう言うのである。

わたしはデザートのページから戻って、軽食のページを開いてみた。ナポリタン。確かにあったね。ランチタイムはサラダにコーヒーか紅茶がついてくるらしい。

家でお母さんがたまに作ってくれるのを食べたことはあるけど、わざわざ外食で頼んだことはなかったかもしれない。

でもおいしいらしいし。お薦めみたいだし。

「……じゃあ、それで」

わたしが呟《つぶや》くと、さっとおじさんが手をあげた。

「マスター！　こっちのお嬢さん、ナポリタンお願い！　ええと飲み物は」

「コ、コーヒーで」

「そういうことで」

勝手に注文までしてくれた。ジェントルマンはやはりいい声で、「かしこまりました、クロサワ様」と微笑んだ。

それにしてもマスターか——あの人を店長さんでも店員さんでもなく『マスター』と呼ぶのは、とても正しい気がした。わたしもこのクロサワさんとやらにならって、これからはそう呼ぼうと思った。

ついさっきまでコーヒーの香りが漂っていたカウンター一帯から、今度はフライパンで麺《めん》を炒める香ばしい匂いがしてくる。蝶ネクタイのマスターが、わたしのためのナポリタンを作ってくれているんだ。テーブルの下で、勝手にお腹がぐうと鳴った。

バナナサンデーのグラスを空にしたクロサワさんが、今度はテーブルにノートパソコンを広げだした頃、マスターが銀のトレイを持ってわたしのところにやってきた。

「お待たせしました。特製ナポリタンでございます」

オーバル形のお皿に盛られた、赤いパスタが湯気をたてている。まさにできたてって感じだ。セットのサラダに粉チーズやタバスコの瓶も置いて、マスターは「ごゆっくり」と離れていった。

薄切りのウインナーにマッシュルームに、ピーマンと玉ネギ。ご機嫌なケチャップカラー。思った以上においしそうかも。

わたしはカトラリーケースからフォークを取り出して、さっそく食べることにした。

（――あ、しまった。写真撮ればよかった）

でももう粉チーズを振って、一口食べてしまった。おまけにこれ、一度食べたらやめられないよ。

『純喫茶まぁぶる』のナポリタンは、有《あ》り体《てい》に言えばお母さんがお昼にいつも作ってくれるものとは全然違った。まずパスタが太いの。こしもあんまりなくて、ちょっとやわらかめでもちもちしている。でもそれがしゃきしゃきの玉ネギやピーマンと一緒に甘めのソースがからむと、こんなに絶品になるなんて誰が想像できる？

味付けもお母さんがやっているみたいに、ただケチャップを絞るだけじゃなくて、もうちょっとコクがあって深い味がする。

なんだろうこれ。何が違うんだろう。不思議だ不思議だ。

服にソースを飛ばさないことだけ気をつけて、気がついたらわたしは、セットのサラダも含めて、あっという間に完食してしまっていた。

見計らったように食後のコーヒーを、マスターが持ってきてくれた。

わたしはこの感動を、ぜひとも伝えなきゃと思った。

「あ、あの。マスター」

「なんでしょう」

「すごくすごくおいしかったです」

最初は期待していなかっただけに、驚きも大きかった。

白髪のマスターがにっこり笑う。

「それは光栄です」

「なあ、いけるだろう。ここのナポリタンは」

わたしたちの横で聞いていたクロサワさんが、まるで自分のことみたいに口を挟んできた。

「あのアルデンテなんてしゃらくさい、みたいな太麺がいいんだよ」

「そう。そうなの！　それでもすっごいもちもちで、そこがおいしくて懐かしい味なの」

「あれはようするに、『茹《ゆ》で置き』ならではなんだよなあ。だろうマスター」

ゆでおき？　何それ。

頭にハテナが飛んだのがわかったみたいで、クロサワさんが詳しく教えてくれた。

「麺をあらかじめ長めに茹でて、油をからめて作り置きしておくんだよ」

「え……」

「店によっちゃベタつかせないよう、いったん水で締めたりすることもあるっていうね」

なんかパスタとしていいのそれで、と思ってしまった。だって表示時間はおいしさを守るためにメーカーが推奨しているんだろうし、揚げ物でもなんでも、作り置きしないでオーダー後に作るのがいいことだって雰囲気あるのに。

当のマスターは苦笑していた。

「うちは先代から、同じやり方でやらせてもらっていますから」

「まず前の晩や朝の仕込みで作りだめして、注文が入ったらその麺をフライパンでさっと炒め直してお出しするんだ。そうすると早く出せるだろう?」

確かにマスターが作り始めてこっちに出てくるまで、十分もたっていなかった気がする。お湯をわかしてパスタを茹でるところからはじめていたら、こうはいかなかったかも。

でもなんか残念な気持ちになっているのはなんでだろう。

「今は作り置きよりも、できたてやこしを求める方が多いですし、オペレーションを含めて見直そうと思ったこともあるんですよ」

「いやいやマスター。『まぁぶる』がそのへんのイタリアンみたいなスパゲティー出すようになったらおしまいですよ。僕はどこで仕事すればいいんですか」

クロサワさん、大真面目《おおまじめ》に力説した。

このウンチク多めのおしゃべりおじさん、職業はなんと作家さんらしい。最初はわたしもえーって驚いたけど、このあたりは書店も出版社も多いから、喫茶店で仕事する関係者なんて珍しくもないとのこと。そう言われると今まであんまり意識したことなかったけど、だからどのお店でも長っ尻の人が多いのかってちょっとだけ納得した。

「だいたいナポリタンなんて、日本の洋食屋が発祥の、半分日本食みたいなもんでしょう。本場と違うからって、邪道のそしりを受けるいわれはないね。まずいならともかく」

それはそう。おいしくないどころかその反対だった。

クロサワさんがおじさんの作家らしくウンチクをたれる一方で、わたしは思った。わたしが食べたのは、まるでおうどんみたいにもちもちで、味付けはトマトじゃなくて甘いケチャップのスパゲティー。でもそれこそが喫茶店のナポリタン。普通に考えたらダメなことでも、別の場所では輝くって、そんなこと本当にあればいいのにな。少なくとも、今のポンコツなわたしには素敵に思えた。

マスターが淹《い》れてくれた食後のコーヒーに、そっと口をつけてみる。わたしは紅茶はストレートが好きだから、ミルクも砂糖も入れなかったけど、このコーヒーはすごく苦い。でも嫌な苦さじゃない。

ふわっと鼻に抜けるような香ばしい匂いにうっとりして、雨の日なのに晴れたお日さまのイメージが広がった。

ああ、いいなあ。わたし、ちょっと元気になってるかも。

「……あの」

「ん、どうした？」

「あ、すみません。クロサワさんじゃなくて、マスターに聞きたいことがあって」

お呼びじゃないとされたクロサワさんは、ちょっとしょんぼりした顔になった。

わたしは近くの窓を指さした。

お店の中じゃなくて往来に向けて、チラシが一枚貼ってあった。アルバイト募集。時給一×××円。時間応相談。まかない付き。

最初はあのチラシを見て、なんの宣伝だと足を止めたのだ。

「あれって、高校生でも応募できますか？」

「バイト……まさかお客様が？」

「はい。あっ、わかります。おまえ足は大丈夫かって言いたいんですよね。確かに膝にボルトとワイヤー入ってますけど、歩くのとかはもう普通にできるんです。ほら」

わたしは立ち上がって通路側に出て、サポーターをつけた方の足だけでバランスを取ってみせた。

「べつに証明しなくていいからね」

「赤穂千紗《あこうちさ》、高校二年生です。バレー部です。ポジションはセッター。いえ、セッターでした。やる気はあります！」

最初に怪我《けが》をしたのは、一年の春。今通っている御茶ノ水の病院で手術をしてリハビリをして、なんとか半年後には選手として復帰したけど、二年の練習試合でまたやった。

ぐらぐらの関節を固定するために二度目の手術をして、監督やチームメイトにはもちろんすぐに戻るつもりだって話していたけど、前と同じレベルで動けるようになる頃には引退だって現実はなかなかきつかった。いくら筋トレして筋肉をつけたところで、痛めた靭帯《じんたい》自体を鍛えることはできないって事実もそう。バレーボールという激しい競技を続けるかぎり、わたしはまたどこかで怪我をする可能性がある。友達の励ましに、目を合わせられない日が続いた。

レギュラーになれなくても、裏方としてみんなを応援する道も、親やお医者さんからは提案された。たぶんそれが正しい時間の使い道なんだけど、わたしはちょっと疲れてしまったのだ。

バレー以外のことがしてみたいって、逃げだと思う？　もしかしたら喫茶店のもちもちナポリタンみたいに、案外うまくはまる場所があるかもしれない――なんてことを考えてしまったわけ。

スウェットにハーフパンツ姿で片足バランスを取り続けるわたしを見て、クロサワさんが噴き出した。

「いいんじゃないの、マスター。ずっと人が足らないって言ってたでしょう」

「確かにそれはそうです……」

「え。合格？　合格ですか？　やった、ありがとうございます！」

わたしはすっかり浮かれて飛び上がった。マスターに「お店では静かに」とたしなめられてしまった。いけないいけない。

クロサワさんは黙ってにやにや笑いながら、ノートパソコンの執筆画面に戻り、ここまでずっと読書中を貫いていたカウンターのお姉さんが、何事もなかったようにマスターを呼んでブレンドのおかわりを頼んだ。

そう。たぶんこれは、懐かしくて新しいわたしのはじまりだ。

「……………なーんてね。ははっ」

乾いた独身男の独り言。

語尾にミッキー感を出してみたら、やばさがより極まった。俺は『咳をしても一人』と詠んだ俳人のことを考えた。

フローリングに仰向けで寝転がっていると、天井がやたらと高く見える。机から離れればちょっとはいいネタが出てくるかと思ったけど、昼飯はなんにしようの思いつきから、際限なく妄想《もうそう》がほとばしって暴走しただけだった。

(まあ、食いたいよな。太麵のナポリタンは正義だ)

俺はのそのそと起き上がって、ジャージの隙間《すきま》から腹をかきつつ作業机の前に座り直した。

デスクや椅子の周りにはネーム用のコピー用紙が散乱していて、デジタル作業のためのマシンは今日はもう電源すら入れていない。真っ黒いモニターに不健康な男の顔がチラ映りするのが本気で不快だったので、近くにあったボツネームの裏に『封印』と書いてマスキングテープで貼り付けてやった。これでいい。

なんとなくお分かりかと思うけど、俺の職業は漫画家だ。

健全にすぎる本名をもじって、ペンネームは兎屋《うさぎや》シロと名乗っている。

『純喫茶まぁぶる』は、そんな俺の脳内にのみ存在するイマジナリー喫茶店だった。たとえ神保町《じんぼうちょう》や御茶ノ水のどの路地に分け入ってみたところで、イケボのマスターが経営する純喫茶なんてものはないし、強面《こわもて》坊主で甘党の作家も存在しないことをお約束しよう。

いつもこのあたりの固定キャラに、適当なゲストを登場させて遊んでいたが、今回ためしに女子高生を投入してみたら思いがけず話が転がってしまった。これは新しいレギュラー来たか？

なんて隙あらば横道に逸《そ》れようとする俺を叱咤《しっせき》するかのように、コピー用紙の下でスマホが鳴りだした。

仕方ない。出るか。

「…………はい、どうも。お世話になってます。大丈夫です……いえ、すいません進捗《しんちょく》の方は全然。ほんとすみません。もうちょっと自分でなんとかしたいっていうか、あと少しだとは思うんで……はい。その時は必ず相談しますんで。はい、はい……」

俺はまた通話を切って、スマホを元の地層に押し込んだ。

相手は世話になっている編集部の、担当編集だった。

お世辞にも売れっ子とは言いがたいが、終わった連載の後に次回作の打診があるレベルにはいるというのが、今の俺の立ち位置だ。このご時世ありがたい話じゃないか。どうせならドカンと売れ線で斬新な企画をぶつけてやりたいところだが、完全にドツボにはまって自主ボツを量産しているのが、ここ二、三ヶ月の話だった。

『兎屋さん絵は上手《うま》いから、次は原作付きって手もありますよ』

電話口で喋《しゃべ》っていた担当編集の言葉が、今も俺の頭の中をぐるぐると回り続けている。まるで年上の俺を、安心させるかのような口調だった。

漫画業界は今空前のコミカライズブームで、ネームが切れて作画ができる人間はそれなりに必要とされているらしい。でもそこに飛びつけないのは……なんでだろうな。あれはあれで別の才能がいる上に、まだ俺自身に、語りたいことがあるような気がするからかもしれない。現状こんなに行き詰まって、煙《けむり》が出ている状態でもだ。

俺は背もたれに体重を預けたまま、四角い掃きだし窓の外を見た。

沢山の電線と高架橋の脚だけが見える、この無味乾燥なベランダの景色もだいぶ見慣れてしまった。

こういう時は『純喫茶まぁぶる』のクロサワじゃないが、家に閉じこもっていないで外に出た方がいいのかもしれない。ほら、脳に酸素を取り入れろって言うじゃないか。ただし今俺が住んでいるのは、何年か前に俺の漫画が映画化された時——上映館数も少ないどマイナーなやつだったけど——もうこんな機会はないと清水《きよみず》の舞台からフルダイブして買った中古マンションだった。漫画なんてどこででも描けると、書庫が作れる広さと値段重視で埼玉の私鉄沿線を選んだのはいいが、周りにネームが描けるような気の利いた店がまったくないのは落とし穴だったかもしれない。いや、車に乗れば郊外型のカフェもファミレスもあるにはあるが、俺、免許持ってねえし。

だからますます俺の引きこもりは加速し、脳内のイマジナリー喫茶妄想が捗《はかど》るともいう。

（……なんて言い訳してる場合かバカヤロ）

待ってもらっているんだから、つべこべ言わずにさっさと考えろ。脳みそを雑巾《ぞうきん》絞りして、一滴でもアイデアを出せ。

俺は机の前でうなり、頭をかきむしり、いったん冷静になるために手と顔を洗いにいき、先人の知恵を借りようと書庫の漫画を読んで時間を溶かし、ストレッチをし、ダンベルを振り回し、途中宅配便を受け取り、昔のボツネームをどうにかして復活できないかと何度目かの悪あがきをし、諦《あきら》めてまた机の前でうなった。

「……腹減った」

こんなに心が切なくてやるせないのも、胃が空っぽのせいに違いないと俺は思った。考えてみたら、朝からなんも食ってないじゃないか。

そして今、俺という人間の口と頭の中はナポリタン一択だ。どうせ食べるなら『純喫茶まぁぶる』みたいな喫茶店のナポリタンを、コーヒーのブラックと一緒に味わいたい。

ナポリタン。

ああ太麺のナポリタン。

どれだけ思考を散らしても、赤い麺の誘惑から逃れられない。

(――決めた)

俺は椅子から立ち上がった。

Ｓｕｉｃａの入ったスマホと鍵《かぎ》だけ持って部屋を出て、唯一徒歩で行けるコンビニに行って、弁当棚のナポリタンを買ってきた。

(ラスト一個だったわ。やべえやべえ)

ランチタイムのピークを過ぎていたせいで、棚はほぼすかすかだったが、ナポリタンというのはコンビニでも永遠の三番手ぐらいで、だいたい最後まで残っている気がする。妄想じゃウインナーだったところが薄切りベーコンになってしまっているが、これはこれでよしとしよう。

おまえ、こんだけこだわっておいてコンビニかよと言われそうだが、違うのだ。一応うちにもパスタを茹でるぐらいの材料と設備はあるが、それじゃ喫茶店らしい茹で置きの麺にはならないだろう。他に応用がきかないぐらいのぶっとい麺を、アルデンテなんて知らん勢いで茹で倒して油をからめて長時間置いておくって意味じゃ、店頭に並んで時間がたっている惣菜《そうざい》のナポリタンの方がより『らしい』ってわけだ。

ただし、ちょっとだけ工夫はする。

温める時に本体の蓋《ふた》を外して、牛乳とバターをちょい足し。

（あとは隠し味に、インスタントコーヒーをスティック一本ふりかけて……）

こいつをレンジに入れて、規程通り温める。

温まったらちょい足しした調味料が絡むよう、一回よく混ぜてやる。これでケチャップ一辺倒の甘さだけじゃなく、味にコクと深みが出る。

このまま食べても別にいいが、俺としてはうまいナポリタンっていうのは焼き付けが肝心だと思うのだ。冷食やコンビニのナポリタンは、そこがひと味足りないと思わないか？

そこで登場するのがこれ、鉄のスキレットだ。俺はホームセンターで安いのを買った。

あらかじめガス台で温めておき、油を塗ってからコンビニの温め済みナポリタンを投入する。じゅわっと具やケチャップが鉄板で焼けるいい音がして、これをこのままスキレットごとテーブルに持っていけば、フライパンできちんと水分を飛ばした店の味が楽しめるってわけだ。

（……同じ手で、ハンバーグやビビンバ丼なんかを移し替えてもいけるぜ）

だてに家でジェネリック外食を追求していると思わないでくれ。

あとはセットのコーヒーだが、今日ははっきり言って正念場だ。味変にも使った粉末のインスタントコーヒーは、やめにすることにした。代わりになんかの時に担当さんから貰った、とっときのドリップバッグのコーヒーを、コーヒーカップでちゃんと淹れる。そうだそうしよう。

「ここで使わなかったらいつ使う、俺……」

豆はブラジル産の浅煎《あさい》り。上部を切り取り線で切った不織布の袋から、中身の粉がこぼれないよう、慎重にカップの縁にセットする。

まずはちょぼちょぼと湯を入れて、粉全体を湿らせる。充分に蒸されたら残りのお湯を規定量まで、細く円を描くようにつぎ足していく。手順としては非常に簡単だ。

挽《ひ》いた豆に対して必要なお湯はだいたい十五倍なので、ドリップバッグの内容量が十グラムならお湯の量は百五十CCだ。ここで欲を出してカップぎりぎりになるまで注いでしまうと、アメリカンと言い張るにも無理がある薄さになるのでよく自制する必要がある。

あらかじめキッチンスケールの上にカップを置いてお湯を注げば、百五十CCを計量するのも簡単だった。俺はたまにしか使わないけど、毎日同じカップで淹れる奴ならすぐに目分量でやれるようになるだろう。

スケールの目盛りが百五十を示し、フィルター越しにコーヒーが抽出されきったら、できあがりだ。

（さ、食うべ）

できあがったランチセットを、リビングに持っていく。そこには座面が低い一人がけのソファと、一本脚のテーブルがあって、そこが俺の喫茶コーナーだった。

熱々で冷めにくいスキレットは、木製の敷板に載せてある。その上で作りたてを装うナポリタンが、ぱちぱちと焼かれながら湯気をたてる。

うんうん、ちゃんとうまそうだ。

これだけ見ると、ついさっきまでコンビニのプラ容器におさまって売られていたようにはとても見えないだろう。隣には自分比で丁寧に淹れたコーヒーもある。

ナポリタンに追加でかける粉チーズはそこそこ。タバスコをしっかりめにきかせるのが、俺の正義だ。

「いざ、実食」

よく茹でた極太麺は、もちもちと期待通りの噛《か》み応えだった。でもかわりに油とソースをしっかり吸って、ケチャップベースの味によく合うのだ。後入れした調味料が、コク出しと引き締め役としていい仕事をしてくれている。俺はタバスコをもう一振り追加した。

ファイヤーキングのカップ&ソーサーに淹れたコーヒーも、ここで一口飲む。最高だ——深いため息が出る。後味の香り高さが段違いだ。

周りに気の利いた店も、散歩に適した公園も何もない、郊外の半端なマンションだが、この瞬間だけは古い喫茶店にいるような気分になれた。おかげで自宅喫茶の腕だけが上がってしまうのは、我ながらどうかと思わなくもない。

思えば『純喫茶まぁぶる』を、都心の古本屋街の近くに設定したのは、俺が大学に通いながら出版社に持ち込みをしていた駆け出しの頃の記憶があるからだろう。

打ち合わせと称して、編集さんと二人でよくあのあたりのカフェや喫茶店に入った。デビュー前は賞取りのため。その後は読み切りや連載獲得のため。

『兎屋君さあ、キミ、漫画で何が描きたいの？』

俺の初代担当さんはあの頃でも珍しい愛煙家で、煙草《たばこ》可の席で煙を吐きながら俺のネームを見ていた。

それはネームの内容とはちょっと外れた、雑談のついでのように聞かれた質問だったと思う。

『何が……ですか』

『目標でもいいよ。一度聞いてみたいと思ってね』

俺はその店で一番安かったという理由で頼んだブレンドコーヒーで喉《のど》を湿らせ、必死に考えた。俺は同人やネットで名が売れてたわけじゃないし、完全ぺーぺーの駆け出しにとって、プロの編集者の言うことは絶対だった。だから答えたいし、なるべくなら失望はさせたくなかった。

たとえば誰もが憧れるかっこいいアクション。あるいは可愛《かわい》いヒロイン。努力。友情。勝利。少年漫画なら、たぶんどれを答えても正解だ。問題はどれでもいいけど、俺の芯からは微妙に外れているような気がしたことだ。

『わからない？』

違う違う。あるにはあるんだ。

努力、友情、勝利。それより俺が、憧れてやまなかったもの。

目の前には、夢の入り口に繋《つな》がる人がいる。

『……その、かなり無謀かもしれないですけど……』

『へえ、何？』

『なんていうか、光っつーか、夜明けみたいな気持ちです』

『夜明けの気持ち？』

いったいなんだと思っただろう。

『たとえば、夜があります。とても長い夜です。その夜が明けるっていうのは、その間にしてきたことが、白日のもとにさらされるってことでもあると思うんです。それは希望かもしれない。絶望かもしれない。俺は……漫画でその暴く光自体が描きたい』

ひどく抽象的な俺の言葉を、初代担当さんは口の中で転がすように繰り返して、それからにやりと笑った。やにのついた黄色い前歯が見えた。

『まあ、難しいとは思うけど、がんばろうか』

けっきょくそこの雑誌じゃ、俺はろくに結果を出せなかった。その点については、本当に申し訳なかったと思う。法律が変わった今はどこもかしこも全面禁煙で、あの担当さんが煙草をやめたのかどうか俺は知らない。

でも、そうか。夜明けが描きたいなんて俺は言ったのか。

十年ぶりぐらいに考えてみる。夜明け。それは夜から朝へといたる、時間の流れ。光の差。

暗闇《くらやみ》には何がある。

何があった。

「……朝に憧れる……吸血鬼」

闇がホームグラウンドなのに、光に強く惹かれる。自分自身が焼き尽くされてもいいとさえ願う。なぜ？

「吸血鬼は絵描きだからだ」

俺は立ち上がった。

仕事部屋に行って、筆記用具一式を取ってくる。カップの底に残っていたコーヒーを一気に飲むと、スケッチブックを画板がわりにして、コピー用紙に浮かんだアイデアを描き殴っていった。

悠久の時を生きる、吸血鬼のイメージがまずあった。

画集や美術館で見る昼の世界に恋い焦がれ、空想上の絵を描いても満たされない孤独な化け物。そこに吸血鬼を狩るバンパイアハンターの一族が絡んでくる。

どうせなら少女にしよう。『純喫茶まぁぶる』に出した女子高生みたいな、陽気に見せて傷を抱えたタイプがいいかもしれない。

設定を練り、線を引いて実体を探る。おまえはいったいどこにいる。どんな姿をしている。同時に世界観とストーリーも加速して走り出す。白い紙が光速で消費されていく。粒子のように散らばっていたキャラクターが、その世界に生きて立ち上がってくるこの瞬間が、たまらなく好きだ。興奮する。

絵描きの吸血鬼は昼の世界に焦がれ、太陽のような鬼狩りの少女は吸血鬼に恋をする。決して交わらない想いの終着点は、どこにあるのか。漫画家の俺はまだ何者でもない暗闇に、サーチライトの光をあてる。やがてその光の範囲はどんどん大きく、世界全体を照らす太陽になる。

瓶に入った灰を、朝焼けの海に流す少女の絵を描いた。

少女はかすかに笑っている。

満足して製図用のシャープペンシルから手を離した。

これはたぶん、序盤からだいぶ進んだラストシーンになるだろう。このカットをゴールに置いて進めていけばいい。

「……いってててて……」

ふと気がつけば、現実世界にも朝が来ていた。嘘《うそ》だろと俺は愕然《がくぜん》とする。ちょっと前に、日が沈んだことは覚えていたのに、もう日の出だと？　なんと俺はリビングのソファの上で、ほぼ一晩ぶっ通しで描き続けていたらしい。どうりで首と背中がバキバキなわけだ。

床は俺が今いる場所を中心にして、ネームや設定を描き殴ったコピー用紙の海ができていた。持ち込んだ五百枚の束は、全て使い切っていた。

電線と高架橋しか見えない場所でも、朝日は昇る。厳然とした事実だった。差し込んできた直射日光をまともに見てしまい、吸血鬼でもないのに焼かれるかと思った。

（徹夜きつい）

奥歯を噛みしめる感覚もろくにないのに、俺は今、心地よい疲れに浸っていた。

明けない夜はないってか。

放射線状に広がる紙の海に、俺にはまだ語りたいことがある、漫画家でいていいぞと言われたような気がした。

しばらくソファの上で放心した後、床に散らばったコピー用紙を落ち穂拾いのように漁って、本採用の冒頭ネームとキャラデザをまとめると、担当のところに送信した。

それから布団で泥のように眠り、起きたらリモートで話せないかと返信が来ていた。

『うん、つまんないですね！』

つまんないですね。

まんないですね。

んないですね。

ないですね。

仕事部屋のモニターに、オンラインで繋《つな》がった女の顔が大写しになっている。

Webコミック誌『フライングα』の担当編集、青戸杏里《あおとあんり》という。

一昨年《おととし》新卒で入社したという小顔のギャルで、編集長に「兎屋君、よろしく教えてやってよ」と言われつきあいが始まった。最初は殊勝な顔で「本当の締め切りって？　嘘の締め切りがあるんですか？」なんて無垢《むく》な台詞《せりふ》を吐いていたが、ご覧の通りすれて遠慮もなくなるまであっという間だった。俺は心の中で吐血した。

「……つまんなかったっすか」

『全然ですよ。兎屋さん、自分でもやっちゃったなーとか、途中で思いませんでしたか？』

「や。なんか楽しくなって、ドーパミン出たーみたいな……」

『脳内麻薬やばいですね。でもこれは駄目です』

担当青戸はストーンの付いた青緑色の爪で、印刷したネームをぱしんと弾いた。

実のところ描いてる途中で、これ大丈夫かという心の声はあったのだ。本当にちょっとだけだが。ただ気持ちよさが勝って、いけるところまで突っ走ってしまった。

『だいたい兎屋さん、ご自分の芸風考えましょうよ。こんな急にエモくてさわやかなノリ出されても……何食って育ったらこんな嫌な話思いつくんだっていう性格悪いホラーが兎屋さんの売りでしょう』

「別に普通に給食食べて大きくなっただけですよ……」

悪かったな、性格が悪くて。

純粋にエモくてさわやかな少年漫画を描いていた頃はさっぱり売れず、開き直って都市伝説だの因習村だのを題材に描いたらマニアや一部の中高生に受けた。それが今の俺である。肩書きで言うならホラー漫画家なんだろう。不本意ではあるが。

やっぱりそううまくはいかないか。

『吸血鬼をテーマにするなら、学生さんに取材して噂《うわさ》を収集するっていうのはどうです？』

「こないだ皮膚科に行ったら、危険な吸血害虫のポスターが張ってあったんですよね」

『うわー、きもちわる。どんなのがあったんですか』

「まずアブですね。それからマダニにブヨ……」

最近は対面での打ち合わせもめっきり少なくなって、煙草くさかった喫茶店でのやりとりが無性に懐かしくなる時がある。

ともかくまた、一から出直しだ。積み木の積み直し。俺に新しいものが作れるかという恐れも含めて、これはデビュー何年たっても変わらない。

「……引っ越して——……」

『え、なんですか？』

「すいませんこっちの話です」

ああ気晴らしに外に出たい。でも家の周りには何もない。

環境を変えたかったら、俺はまだまだ漫画家でいなきゃならない。ままならないもんだ、こんちくしょう。

◆◆◆

「はいどうぞ、クロサワさん。ホットケーキと、コーヒーのマンデリンです」

わたしが注文の品を持っていくと、常連のクロサワさんは強面《こわもて》の顔をほころばせた。

「待ってたよー。ありがとう」

「ほんと好きですよね、甘いもの」

「人間頭使うとね、糖分でしか疲れは癒やせないんだよ」

そういうものだろうか。

ここ『純喫茶まぁぶる』のホットケーキは、一見すごくシンプルだ。マスターがフライパンでまあるく焼いた生地に、角切りのバターが載っているだけ。ホイップクリームとかフルーツとか、そういう装飾いっさいなし。あとはメイプルシロップをお好みでというもので、一度間違えてパンケーキと言ったらクロサワさんにすごく怒られた。

なんでもクロサワさんいわく、昭和の時代から脈々とレシピを受け継ぐここのホットケーキは決してパンケーキであってはならないらしい。相変わらず面倒でこじらせまくった変なこだわりだけど、たぶんクロサワさんはここのどっしりしっとりした味と焼き加減が好きなのだろう。

カフェで映《は》えるふわふわメレンゲたっぷりのスフレタイプもいいけど、『まぁぶる』の味が貴重だっていうのはわたしも賛成である。

「どう、千紗ちゃん。バイト慣れた？」

クロサワさんに聞かれる。たぶんこれ二回目。

ご覧の通り、わたしは『まぁぶる』でアルバイトを始めていた。

お店の制服は、黒地に白の水玉模様。白い襟が付いたシックなワンピースで、腰にカフェエプロンをつけてすごく可愛いのだ。

これで華奢《きゃしゃ》なグラスのメロンソーダや、サクランボが載ったプリン・ア・ラ・モードなんかを運んでいると、自分がおしとやかになった気になれる。あとは落としさえしなければ完璧だと、マスターにも太鼓判を押されていた。

「はい、楽しいですよ。わたしこう見えて力持ちなんで、けっこう重宝されてるんです」

「それは頼もしいね」

「クロサワさんは、今日は小説書かないんですか？」

今度はわたしが聞いた。

いつもコーヒーと甘い物を注文した後、ノートパソコンで何か書いているクロサワさんだけど、今日は色ペンとプリントアウトした紙の束しかテーブルになかった。

「ああ、これは雑誌のゲラだから」

「げら？」

「自分が書いた話を掲載する本のレイアウトにしてもらって、間違いがないか赤ペンでチェックするんだ」

「へえ……なんか本当に作家っぽい。なになに、『吸血鬼は絵描きだからだ』――」

「いやあん、ばかあん！」

最強に鳥肌がたつ声をあげられてしまった。きしょいきしょいきしょい。

でもクロサワさん、赤点を隠す男子生徒みたいに両手でゲラを覆い隠していて、本気で恥ずかしいみたいだった。

「あのね、千紗ちゃん。いい子だからよく聞いて。作家にとって目の前で原稿朗読されるのは、一番の拷問《ごうもん》なの。できればやめてくれる？」

「でもそれ、これから本屋さんに並ぶんですよね？　何百人も何千人も読むんですよね？」

「それとこれとは別なのよ」

変な話だ。

「クロサワさん、ファンタジーとか書くんだ。なんか意外」

「いいや？　喫茶店に行きたいけど行けない漫画家の話」

「……それって面白いんですか」

「さあどうだろう」

クロサワさんはそこだけなんだか自信たっぷりで、注文したマンデリンにミルクピッチャーの中身を注いだ。

くるくる、くるくる。

おまじないのようにスプーンで攪拌《かくはん》したブラックコーヒーの中で、ミルクは細いマーブル模様を描き、やがてシロとクロの境は曖昧《あいまい》に溶けていったのだった。

彼と彼女の秘密と彼

織守きょうや

■ ■
織守きょうや（おりがみ・きょうや）
1980年イギリス・ロンドン生まれ。2013年、第14回講談社BOX新人賞Powersを受賞した『霊感検定』でデビュー。著書に、第22回日本ホラー小説大賞読者賞を受賞した「記憶屋」シリーズのほか、『響野怪談』『花束は毒』『殺人と幻視の夜』『キスに煙』『まぼろしの女　蛇目の佐吉捕り物帖』など多数。

相原映史《あいはらえいじ》がクラスメイトの川上友香《かわかみともか》を意識するようになったのは、秋の学校祭がきっかけだった。

彼女は弓道部の副部長として、敷地内の弓道場で、演武を披露した。相原は、中学生の妹のつきそいとして、大勢の見学者の中に交じってそれを見ていた。

普段は下ろしている長い髪を一つにまとめ、胸を張って的を見据《みす》える横顔は、教室での彼女とは別人のようだった。

単純に、クラスメイトのいつもと違う表情にどきっとした、というのもある。しかし、彼女が射位に入ると、違った意味で目が離せなくなった。

革の手袋のような弓懸《ゆがけ》をはめた右手で、矢をつがえる。大きく身体《からだ》を伸ばすようにして、左手に持った弓を持ちあげる。すべての動作に無駄がなく流れるようで、相原はいつのまにか息を止めて見惚《みほ》れていた。

胸を開き、腕をゆっくり上から下ろすようにして弓を引く。しなる音。引ききった、と思った瞬間にびいんと弦《つる》が鳴り、彼女の指から矢が放たれる。

トッ、と軽い音を立てて、射られた矢は的の真ん中に突き立った。

その瞬間の、何か気持ちがすっとするような、急に視界がクリアになるような感覚を覚えている。

そんな彼女――川上と、教室前の廊下でぶつかった。

すれ違おうとして距離をはかりきれず、鞄《かばん》の留め金を留めようとしていた川上の手に、相原の左の腰がかするような形になった。

川上の鞄が落ちて、中のものが廊下に飛び出す。教科書と生徒手帳とペンケース――その中に、封の切られたセブンスターの箱がまざっていた。

「あ、悪い」

「……ううん」

鞄から飛び出したものを、川上がさりげなくかきあつめ、隠すのを見ないふりをした。

マジか、と思ったが、声には出さなかったし、表情にも出ていなかったはずだ。

両手を制服のズボンのポケットにつっこんだまま、何事もなかったような顔をして行き過ぎて、廊下の角を曲がり、そのまましばらく歩く。動揺していた。

川上は、相原の中で、喫煙から最も遠いイメージのクラスメイトだった。

ぶつかったときの彼女からは、煙草《たばこ》ではなくシャンプーの匂いがした。

「ってことがあって。なんかショックなんだけど……！」

行きつけの喫茶店「キルヒェ」の店内で、相原は人目もはばからず嘆いて、カウンターに突っ伏した。

といっても、他に客はいない。数分前までは老夫婦がテーブル席でウインナーコーヒーを飲んでいたが、今は相原の貸し切り状態だった。

マスターはカウンターの中で、もう十分きれいになっているように見えるカップを拭《ふ》きながら、静かに相原の話を聞いている。清潔感のある白いシャツと短い髪で、若く見えるのに落ち着いた雰囲気の彼は、まるで内装の一部のように店になじんでいた。

「俺だって、ヤンキー映画で見てちょっとかっこいーかもと思ったことはあるけど、吸ったことはないのに……伯父《おじ》さんが吸う人で、においがダメで。あ、俺はヤンキーじゃないけど。いい子だけど」

「私が中高生のころは、まだ、不良といえば喫煙、みたいなイメージがありましたが、今はそうでもないんじゃないですか。最近は、喫煙者自体が減りましたし」

「でもさあ……不良かどうかはさておきさあ」

「法律違反ですし、校則違反でしょうね」

そうなんだよ、と相原は一度あげかけた顔をまたカウンターに沈める。

「それが、イメージと違ったんですね」

「うん」

「幻滅しましたか」

「ゲンメツ、っていうか……そんなえらそーなこと言える立場じゃないけどさ」

同じクラスとはいえ、ほとんど話したこともないような女の子に、一方的な自分のイメージを押しつけて、それが裏切られたからショックだなんて、勝手すぎる言い分だ。自分でもわかっている。しかし、ショックを受けたのは間違いなかった。

清廉《せいれん》なイメージの彼女が喫煙者だったからではない。

「その子、部活やってて。スポーツ系の」

カウンターに上半身を沈めたまま、顔だけを横へ向けて口を開いた。

「すげーかっこいいし、頑張ってる感じだったから、ダメになるのはもったいないっていうか、嫌だなって……そういうのって、本人だけじゃなくて、部活全体にも影響したりするじゃん？　よく知らないけど、連帯責任とか活動停止とか」

マスターが頷《うなず》く気配がする。

「その子は責任感も強そうで、自分のせいで部活がそういうことになるの、気にしそうだから。なのに、煙草を持ってたっていうことが……それはイメージと違うって思った、かも。俺のイメージなんかどうでもいいけど」

なるほど、とゆったりとした声音で相槌《あいづち》を打った後、

「何か事情があるのかもしれませんよ。友達のを預かったとか」

マスターが柔らかく言った。

「そうだよな。……そうかも。そんな気がしてきた」

相原は身体を起こし、マスターを見る。マスターはいつも通り穏やかな笑顔で頷き、グラスを置いて真っ白な布巾《ふきん》を畳んだ。

相原はそこでようやく、カウンターの上に置かれたアイスコーヒーのストローをくわえる。

一気に三分の一ほどを飲んで、ふうっと息を吐いた。香ばしくさわやかな香りが鼻に抜け、心地よく喉《のど》が冷える。気持ちも落ち着いた気がした。

マスターはこうして、コーヒーを出し、客がそれを飲み終わるまでの間、話をただ聞くだけだ。それを求めて、皆がこの店――「キルヒェ」へ来てこの席に座る。そして秘密を打ち明ける。

マスターと客の関係だから、互いに本名も知らないし、店の外では会うこともなく、気軽に話せるのが良い。

誰にも言えずにずっと抱えてきた秘密を、意を決して打ち明けに来る者もいれば、相原のように、家族や友達には相談できないことを話しに――泣きつきにくる者もいた。

今までマスターに告白された秘密が流出したことはなく、あの店のマスターは口が固いと評判になってからは、告白が目的の客たちが後を絶たないという。もちろん、秘密の告白がされたかどうかは、マスターと当事者の客だけしか知らないことだから、それも噂《うわさ》でしかない。

「さてと告白も終わったし、明け渡しますかね。特等席を」

「どちらでも、お好きな席にどうぞ」

アイスコーヒーのグラスを持って、奥のテーブル席へと移る相原に、マスターが微笑《ほほえ》む。

マスターに告白をしたい客は、カウンター席の右端に座る決まりになっていた。そして誰かがそこに先に座っているときは、他の客は遠慮してカウンター席には座らない。秘密を告白しに来る客たちのルールとして、そういう不文律ができあがっていた。

「マスター、追加でホットサンド一個ね。ハムのやつ」

話を聞いてもらってすっきりしたら小腹が空いたので、おやつを注文する。

トイレに立ったついでに、カウンターの中のマスターにメニューの冊子を返した。

トイレのドアを閉めるとき、入口のドアのベルの音が聞こえたから、また、秘密を告白しに来た誰かかもしれない。

お先でしたー、と心の中で呟《つぶや》いて個室の鍵《かぎ》をかける。

トイレの中で、マスターの言ったことを考えていると、少し気持ちが軽くなってきた。

本当に、友達の煙草を預かっただけだったのかもしれない。

それは、なかなか説得力のある仮説に思えた。

川上友香が喫煙者で、学校でも隠れて吸うために持ってきたと考えるよりは、ずっと納得できる。

彼女は面倒見がよさそうだから、頼まれて断れなかったのかもしれない。もしくは、彼女のほうが見つけて、没収したのかも。

そうだ、きっとそうに決まっている。

朗《ほが》らかな気持ちになって用を足し、トイレから出ると、カウンターの右端の席に女の子の後ろ姿が見えた。

同じ学校の制服の背中に、真っ直ぐな黒髪を垂らしている。斜め後ろからの顔がちらっと見え、相原が「あ」と思うのと、彼女が口を開くのが同時だった。

マスターがお冷やのグラスを彼女の前に置こうとしている、それさえ待ちきれないというように彼女はマスターを見上げて、口を開く。

「……盗んでしまったんです」

——ばっちり聞こえてしまった。

相原は息を止め、忍者のようにそろりとトイレの中に戻る。

きちんとドアを閉めると音がしてしまうので、わずかに隙間《すきま》をあけたまま、トイレの壁にもたれて息を吐いた。

一度ならず二度までも。我ながら間が悪すぎて、逆にちょっと運命を感じてしまうくらいだった。

しかし、いつまでもここに隠れているわけにはいかない。相原は深呼吸すると、もう一度トイレの水を流し、

「あー腹いてー。昼休みのヨーグルトが悪かったのかな」

わざと大声で言いながらドアを開けた。ちょっとわざとらしいか？

カウンター席の川上友香の背中が、びくりと震えて固まるのが見えた。

「マスター、悪い今日は帰るわ。サンドイッチキャンセルしていい？」

「ええ。大丈夫ですよ」

マスターは当然気づいている。そういう顔だ。

相原はカウンター席に座っているのがクラスメイトだとは気づきもしないようなふりをして、彼女の後ろを通り過ぎる。わざと真正面に固定した視界の端で、川上がほんの少しこちらに顔を向けたのが見えたが、気づかないふりを続けた。

彼女は今どんな表情をしているのだろう。

クラスメイトに秘密の告白を聞かれて、青ざめているかもしれない。そのクラスメイトが、教室の前で煙草を落とすところを見られた相手だと気づいているだろうか。だとしたら、ますます動揺してしまっているに違いない。

相原は、自分が、川上のような優等生の、きっちりとした性格の女の子に好感を持ってもらえるタイプではないことは自覚している。遊んでいそうだとか、怖そうだとか、川上の三倍おしゃべりなクラスの女子たちに言われたこともあった。それを思い出した。

振り向いて、「誰にも言わないよ」と言っても、彼女は安心しないだろう。むしろ警戒させるだけな気がする。わざわざ「何も聞いてないから」と言ったところで、信じてもらえるとも思えない。

できることは、ただ、何事もなかったかのように会計を済ませ、店を出ることだけだった。

＊＊＊

「俺ってこう見えて結構、っていうかかなり、気さくで親切でいい奴なのに」

椅子《いす》を軋《きし》ませ、理科準備室のスチール棚に斜めにもたれかかって愚痴《ぐち》をこぼした。

すぐ横で、生物担当教師の北村一偉《きたむらいちい》が気のない相槌を打ちながらパソコンのキーボードを叩《たた》いている。

もう、キルヒェのマスターにはぼやけない。

この話をしたら、相原が話していた「煙草を持っていたクラスの女の子」が川上のことだとわかってしまうからだ。

自分の秘密を告白するのはいいが、他人の秘密を告げ口するのはルール違反だ。話に出てくるクラスメイトが川上友香だと特定されてしまえば、それはもう「相原の秘密」ではなくなる。

もちろん教師の北村にも、川上のことで悩んでいるなどとは言えないが、とにかく誰かにぼやきたかったのだ。いいなと思っていた女の子のちょっとした秘密を知ってしまって、知ってしまったことを彼女に知られてしまって、自分は口外するつもりはないのに、どうやら警戒されている様子である、ということだけ北村には伝えている。

「俺がもっと話しやすそうで大人しそうで口も固そうで草食系な見た目だったらよかったのに……」

「そう見えるようにすればいいでしょ。今流行《はや》ってるんじゃないの草食系」

「でもホラ俺って根本的に見た目が草食系ではないわけよ。ファッションとか髪型の問題じゃなくてね。そこもまあ大事にしたいんだよね、個性だから。目つきが悪いとか言われてちょっと敬遠されつつも、そこがイイとか言ってくれる人もいたりとか、まぁ一つのチャームポイントっていうの？　あとほら、『見た目怖そうなのに意外といい人』っていうね、そういうのがポイント高いかなっていう計算もあったりしてね」

ただ単に、川上のようなタイプの女子と親しく話したいなら、キャラ変えは必須だ。しかし、真面目《まじめ》でおとなしめの女子でも気を遣わずに話せるタイプというのはつまり、性別を意識させないということであり、そういうキャラクターには、話しやすいというメリットと裏表のデメリットもある。なかなか恋愛対象には昇格できないのだ。

「要するに、ついかっこつけてしまうわけだな。話しやすそうだったり草食系だったりしたほうが女子と話すチャンスは多いとわかっていても」

「……そうです」

相原が正直に答えると、北村は歯を見せて笑う。

「可愛《かわい》いー」

「くっそ大人め」

北村は笑いながらパソコンにＵＳＢを差し込んだ。

モニターに表示されたワードのファイルは、違う学年用の資料のようだ。

背もたれのない丸椅子をずりずりと引きずって、北村の横へ移動する。

北村がパソコンをのせている作業台に顎《あご》をのせ、顔を傾けて頬《ほお》をつけた。

「いっちゃんさ、生徒から相談受けたりする？」

「まぁ、たまにはね」

「たまになんだ」

北村はそれこそ話しやすいタイプで、人気も高く、年齢も比較的生徒に近い若い教師だ。いつも生徒にじゃれつかれているイメージがあったから、もっとひんぱんに生徒に相談されていると思っていた。

北村はファイルを保存してＵＳＢを引き抜き、

「悩みごとってのは、なかなか教師には言えないもんでしょ。俺に人望がないわけでは断じてない」

「あー……それはそうかも」

だから、皆キルヒェに行ってマスターに話すのだ。

自分や自分の悩みとは、関係のない人間だから。

しかし、川上が相原と安心して話してくれないのは、クラスメイトという属性のせいではなく、単に相原との距離感の問題だろう。

煙草はともかく、盗んだというのは穏やかではない。相原が特別に話しやすい人間だったとしても、ただのクラスメイトの間柄では聞き出せないレベルの話だ。

(万引き、とか?)

だめだ、想像できない。

川上友香と盗みという言葉の組み合わせは、喫煙以上に現実味がなかった。

聞かなかったふりをするのが一番いいのかと思ったが、川上は聡《さと》い。相原が聞いていたと気づいているだろう。

せめて、不可抗力だったとわかってもらいたい。盗み聞きをした、と悪印象を持たれていないことを祈るしかなかった。

気になっていた女の子の秘密を知ってしまう、なんて、普通に考えればドラマが始まるチャンスのはずなのに、それを全然活かせないどころか、逆効果になってしまいそうだ。さすがに落ち込む。

「キルヒェのマスターみたいに、何でも話せるような安心感っていうの? 俺にもあったらいいのになあ。立場ってのもあるけど、雰囲気がさ。やっぱ経験値の違いなのかなあ」

「キルヒェ? ……ああ、何か聞いたことあるな。パン屋の角のとこ、横道に入ったところにある店だ。高校生の寄り道先にしちゃ渋いなと思ってたんだ」

スチール棚と机の間に挟まって、椅子の後ろ脚二本でバランスをとっている相原を横目で見て、北村が立ち上がった。作業が終わったらしく、大きく伸びをして、椅子の背にかけていた上着を手にとる。

胸ポケットから、煙草のパッケージが覗《のぞ》いていた。外の喫煙所に一服しにいくのだろう。この学校で喫煙者の教員は少数派で、敷地内は全面禁煙だ。

おまえももう帰れ、と言われて、相原はおとなしく椅子を戻す。

「煙草ってうまい?」

「うまいっていうかな……何かもう癖《くせ》みたいなもんだな。吸うと落ち着くっていうか」

「ふーん……」

「かっこつけるために吸うのはやめとけよ。若いうちにこんなもん覚えていいことなんてないんだから」

「いっちゃんは吸ってんじゃん」

「俺は大人だからいいの。おまえらはまだ成長途中なんだからやめとけ」

おまえら、と複数形で言われたことに、一緒に理科準備室を出てから気がついた。深い意味はないと思いたいが、「いいなと思っていた女の子の秘密」が喫煙らしいと北村は察したのかもしれない。

並んで廊下を歩き、廊下の窓の前を通り過ぎる。何気なく目をやると、体育館と部室棟が見えた。川上の所属する弓道部の部室は、体育館の奥にある弓道場の脇にあり、ここからは見えない。

学校祭のときの演武で見た、川上が弓を引く姿は、それ自体がまるで張り詰めた弦のような緊張感があり、触れてはいけないもののようにきれいだった。それを思い出した。

「同年代に吸ってる子がいるなら教えてやれ。ダイエットにって理由で吸う女子もいるって聞いたことがあるけど、体調崩して食欲なくして、一時的に体重が減っても、肌は荒れるし髪の艶《つや》はなくなるしいいことないからな」

川上は髪がまっすぐできれいだから、そうなったら嫌だな、と思いながら相槌を打つ。

やっぱり、話をしてみようか。このまま何も言わずにいるのが一番、彼女にしてみればいいのかもしれないが、自分のために。

もう一度キルヒェに行って、話をすれば、背中を押してもらえるだろうか。

「じゃーな、いっちゃん。また明日」

「おう」

昇降口で相原を見送ってくれながら北村が、寄り道はほどほどにしとけよ、と言った。

＊＊＊

「ある女の子の秘密っていうか、ギャップを知っちゃって、嫌になるとかじゃなくて、もうちょっとちゃんと、その子のこと知りたいとか思うのってさ……何でだと思う？　マスター」

カウンターの中のマスターが、たまごペーストをトーストに塗り広げていた手を止める。

相原はわざとマスターの手元に目を向けて、視線を上げないようにしていたから、マスターがこちらを見たのかどうかはわからなかった。

恥ずかしいことを言っているという自覚はある。アイスコーヒーのグラスを両手で包むように持って、水滴に濡れた指を擦《こす》り合わせるようにしながら、マスターの手元からも目を逸《そ》らした。

「あと、俺のことも、知ってほしいって思うのも……」

ぼそぼそと付け加える。

同年代の友人には死んでも言えない。次の瞬間には爆笑され、あっというまにクラス中に笑い話として伝わるだろう。

しかしもちろんマスターは、馬鹿《ばか》にして笑ったりはしなかった。

「もう答えは出ているみたいですね」

「やっぱそーかな……そーなのかな。何か俺少女漫画の主人公みたいなんだけど。柄じゃないんだけど！」

「そんなことありませんよ」

清廉なイメージのクラスメイトの、小さな秘密を知ってしまった。

女子に幻想なんて抱いていないと思っていた。それなのにショックを受けたということは、自分は女子全般ではなく、川上友香という一人の女の子に幻想を抱いていたということだ。相原はその意味に気づいた。

そして、そんな彼女の意外な一面を知ったことは、ショックではあったが、幻滅して興味を失う、というようなことはなかった。

ぴんと張り詰めた弦のようだなんて、勝手に相原が抱いた一方的なイメージよりも、悩んだり迷ったりする高校生の女の子としての彼女をもっと知りたいと、気づいたらそう思っていた。

恥ずかしくて、顔を押さえて転げまわりたい気分だったが、マスター以外の人目がないとはいえ、さすがにそれは憚《はばか》られる。かわりにがしがしと頭をかいて、カウンターにのせた両腕に顔を伏せた。

ざくざくとパンを切る音がして、少ししてから、顔の横にたまごサンドの皿が置かれる。

「たまごサンドです」

「いただきます……」

相原は身体を起こして姿勢を正した。

こんがりと焼けたトーストの茶色と、断面から覗くたまごの黄色が食欲をそそる。おしぼりで指先を拭いてから一切れを手にとった。このサンドイッチは、常連に人気の一品だ。一口かじると、たっぷり挟まれたたまごペーストがパンの端からこぼれそうになる。

相原はしばらく話を止めて、店自慢のたまごペーストをしっかり味わった。刻みパセリがまぜてあって、からしもきいていて、大人の味だ。

一つ目を食べ終わった時点で、アイスコーヒーを飲み、一息ついた。

単純なもので、おいしいものを食べて、飲むと、それだけでなんとなく落ち着いたような気がする。

マスターは調理器具を洗っている。彼が忙しそうにしているのは見たことがなかった。客が溢《あふ》れかえるような店ではないというのもあるが、彼はいつも落ち着いて見える。穏やかで余裕があって、大人だな、と思った。

カウンターにいるのがこのマスターでなければ、客たちも、秘密を打ち明けようとはしないだろう。川上も、彼になら話してもいいと思ったのだ。

マスターが洗い物を終え、水を止めるのを待ってから声をかけた。

「マスターってさ、恋人いる？」

「そうですね……お互いに好き合っている女性、という意味では、いるといえばいますが」

少し困った顔でマスターが首を傾げる。

なんとなく訊《き》いてしまったが、これはルール違反だったかもしれない、と気がついた。お互いによく知らない人間だからこそ成り立つ、告白する者と聞く者の関係を、崩しかねない問いだ。

謝罪して撤回しようとしたその矢先、からからと来客を告げるベルが鳴り、店のドアが開いた。

ショートヘアの女性が、入口に立っている。軽装だ。カジュアルなパンツとシャツに、鞄一つ持たず、上着も着ていない。財布すら持っていないように見えた。いかにも、ふらりと立ち寄った、という感じだった。

マスターが、彼女を見て二度瞬《まばた》きをする。

「あれ」

「うん、休憩中」

知り合いらしい。マスターの表情が、客に接するときのそれとは明らかに違った。

彼女はにこ、と笑ってドアを閉める。

「ごめん、今晩、夕食当番代わってくれないかな？　仕事がちょっと終わりそうになくて。明日明後日連続でやるから」

「いいよ。何か飲む？」

「ありがと！　もらおうかな。えっと、豆乳ラテがいいな」

「わかった。ちょっと待ってて」

すみません、というように相原に目礼して、マスターがカウンターの奥、キッチンのほうへ姿を消した。

彼女は、椅子を引いてカウンターの左端、一番ドアに近い席に座る。

どうやら彼女がマスターの、「お互いに好き合っている女性」のようだ。

その会話から、二人が一緒に住んでいるらしいことがわかって、何の関係もないはずの相原が何故《なぜ》かドキドキした。

こっそり盗み見ていたら、ふとこちらを向いた彼女と目が合って微笑まれる。

ぎこちない動きで会釈《えしゃく》を返して、正面を向いた。なんだかいたたまれないから早くこっちに戻ってきてくれ、と豆乳を温めているらしいマスターの背中に念を送る。

その念が通じたわけでもないだろうが、マスターがカップを手にしてこちらを向いたそのとき、閉まったばかりのドアがまた開いた。

振り向くと、宅配業者の制服を着た若い男が、茶色い紙包みを持って入ってくる。

「こんにちはー。進藤《しんどう》さーん」

「「はい」」

カウンターの内と外とで、二人が同時に返事をした。

えっと思ったのは相原だけではなかったらしく、宅配業者が困惑した顔で、返事をした二人を見比べる。

「ええと、お届け物なんですけど。進藤真幸《まゆき》さん？」

「今手が離せないみたい。家族なので、私が受け取ります。サインでいいですか？」

スツールから下り、彼女が宅配業者からペンを借りて伝票にサインをする。カウンターの中のマスターが頷くのを確認して、宅配業者は包みを彼女に手渡した。

「ああ、コーヒー豆。ご苦労様です」

宅配業者が帽子をとって挨拶《あいさつ》をして、店を出て行く。

その直後に素っ気ない電子音だけの着信音が鳴り、彼女は慌てた様子でパンツのポケットからスマートフォンを取り出した。紙包みを片手で抱いたまま、通話を始める。話は一言二言ですぐに終わったが、電話を切ると彼女は申し訳なさそうにマスターを見てスマートフォンをしまった。

「ごめん、呼び出されちゃった」

「持っていく?」

「ありがと!」

マスターは手早く金属製のポットの中身を、陶器のカップではなく大きめのペーパーカップに注ぎ入れ、プラスチックのふたとスリーブをはめる。

テイクアウト仕様の豆乳ラテとコーヒー豆の紙包みをカウンターごしにマスターと交換し、彼女は出て行った。

ドアが閉まると、マスターはカウンターの中で相原に向き直る。

「すみません。お話が中断してしまって」

「マスター、結婚してたんだ……。奥さん美人だし」

笑って、伝えておきますねと言った、その顔は相原の知るいつものマスターだ。

当たり前だが、マスターにはマスターのプライベートがあるということが、なんとなく不思議だった。

相原にとっては、店へ行けばいつもいて、どんな話でも聞いてくれる人、という印象しかなかった。それは彼に対して失礼だったかもしれないと心のどこかで思いながらも、やはり、まだ、マスターには聞いてもらいたいことがある。

話を戻すきっかけがつかめなくてもごもご言っていると、それを察したかのようにマスターが、お冷やのおかわりを勧めてくれた。

どうぞ、と目の前に置かれたグラスを手にとって、相原は、あのさ、と口を開く。

「はい」

促すような相槌にも助けられて、本当は恥ずかしくて目を逸らしたかったけれど、意を決して顔をあげた。

「彼女の秘密を知ってる俺が、話があるって呼び出したりしたら、秘密をタテに脅してるみたいで卑怯《ひきょう》かな」

ただ話をしたい、聞いてほしいというそれだけの、きっかけにするためでも。

彼女にとっては弱みにつけこむ行為だろうかと、それが気になって、何も言えずにいた。

それは彼女を傷つけないための気遣いではなく、単純に、嫌われたくないという自分本位な感情だ。

「本当に気にしていたことはそれですか」

マスターは穏やかに微笑み、

「最初は誤解されたとしても、ちゃんと話せばそんなつもりじゃないってことが伝わりますから、きっと大丈夫ですよ」

まるですべて見透かしたかのように、欲しかった言葉をくれる。

「そんなことないですよ」と言ってほしくて、きっとそう言ってくれると思って訊いたことにも、きっと気づかれているだろう。それでも、何の根拠もないはずの肯定に救われた気がした。

はー、と息を吐いて天井を仰ぐ。

マスターは、どう思うかと意見を求めれば、ごく控えめに答えてくれるが、どうしたらいいかと指針を示すようなことはしない。基本的に話を聞くだけで助言をするわけでもないから、相談に乗ってもらう、というのとは感覚が違う。ただ秘密や、自分の中のもやもやとした感情を吐き出して楽になる――そういう意味ではこの店は一種、告解室のような役割を果たしているのかもしれなかった。

勝手に許された気になっているだけかもしれないが、それでもいい。

よし、と姿勢を正し、一気に水を飲みほしてグラスを置いた。

「頑張るわ、俺」

マスターに対してというより、自分自身に発破をかけるために宣言する。

それがわかっているからか、マスターは、無言で微笑んだだけだった。

＊＊＊

弓道着から制服に着替えて、部室棟から出てきた川上に、「お疲れ」と声をかけた。

露骨に嫌そうな顔をされたり怖がられたりしたらどうしようと、内心ドキドキしていたのだが、彼女は表情を変えず「お疲れ様」と返してくれた。

待ち伏せに驚いた様子もない。弓道場は開放されているので、相原はついさっきまで隅のほうで彼女の練習を見学していたのだが、気づかれていたらしい。

「弓道に興味があるの？」

「俺には無理そうだけど、でも、かっこいいなって思うよ。学校祭のイベントで演武やってただろ。あのときからそう思ってた」

教室に鞄を置いたままだという彼女に、一緒に行っていいかと申し出る。彼女が拒否しなかったので、並んで歩き出した。

校内に人気《ひとけ》は少なく、廊下の窓からはオレンジ色の光が差し込んでいる。

少しの間、二人とも黙って歩いていたが、教室のある階へ着いたあたりで、

「……この間、見たでしょう」

彼女のほうから口を開いた。

「うん。ごめん」

「謝る必要はないけど」

開いたままのドアから、教室に入る。

廊下と同じオレンジに染まった教室内には、もう誰も残っていなかった。

「わざわざ待っててくれたのは、その話のため？」

「人に言うとかそんなつもりないから安心してって言いたかったのと……あと、関係ないだろって言われたらその通りだけどさ、どうしても気になって。マジで、川上の演武かっこいいって思ったから。部活できなくなるのとか、絶対ダメだと思ったから」

一番前の列の左から二番目が、川上の席だ。机の上に鞄が置いてある。

自分の席へ向かう彼女に、一歩離れた場所から、精いっぱいの言葉を投げた。

「やっぱさ、見つかったらやばいだろ？　だから、まず、学校に持ってくんのはやめたほうがいいと思うのと……あと、煙草そのものも。身体に悪いし、肌とか髪にもよくないっていっちゃんも言ってたし」

「……北村先生？」

「あ、もちろん一般論としてな。川上の名前とか出してないから」

川上の鞄はきちんと手入れされているのか、相原のものと比べると格段にきれいだった。そんなところにも、彼女の性格が表れている。

喫煙者イコールきちんとしていないと思っているわけではないが、ルールに反して未成年のうちから喫煙したり、まして煙草を校内に持ち込んだりという行為が、どうしても川上と結びつかなかった。

「あの煙草さ、川上の？」

尋ねてみると思った通り、彼女は少し迷うように視線を泳がせた後、首を横に振る。

「返そうと思って……」

ああ、と納得した。

それで、持ち歩いていたのか。

今日も鞄に入れていたらしく、机の上に鞄を立たせて、白地に黒い字でロゴが書かれた煙草の箱を取り出した。

返さなければいけないものを持ち歩くという几帳面《きちょうめん》さが川上らしいといえばらしかったが、そもそも所持することが校則違反だ。あのときぶつかったのが相原だったからよかったようなものの、教師か風紀委員にでも見られていたら、現行犯で言い逃れできない。

「人のものだったら、勝手に捨てるとかできないのはわかるけど……でも、そんなの持ってるの見られたら、誰かに川上のものだって誤解されるかもしれないし。処分したほうがいいよ。友達のためにもさ、返すより、もう煙草やめなって言ってやったほうがいいって」

相原に言われるまでもなく、川上がそれをわかっていないはずがなかった。しかし彼女は煙草の箱を大事そうに手に持って、何故かそれをしまおうとしない。

放課後とはいえ、いつ誰が入ってくるかもわからない教室だ。相原が再度、とりあえずそれはしまって、と口を開こうとしたとき、教室の前のドアが開いた。

「何だ、まだ残ってたのか？」

北村だった。右手に持った出席簿で自分の肩をトントンと叩きながら入ってくる。

川上の肩がびくりと跳ねて、その手から煙草の箱が落ちた。

軽い音をたてて床に転がったそれに、北村の目が向く。

どんなに理解があっても、北村は教師だ。最悪のタイミングだった。

「あっ」

考える前に声が出ていた。

北村が腰をかがめ、煙草の箱を拾い上げる。

「それ、俺の！」

川上が、目を見開いて相原を見る。煙草を見ていた北村が目をあげる。

違う、と言おうとしたのか、口を開こうとした川上を制するように、北村と彼女の間に入ってまくしたてた。

「ごめんいっちゃ……先生。出来心なんです！　ちょっと興味あって、つい買っちゃっただけで」

「……」

「ほんとにすみません！　反省してます！」

大げさなくらいに勢いよく頭を下げる。

こう言えば北村には、川上が相原の煙草を取り上げたように見えるだろう。

北村は少しの間黙っていたが、短く息を吐くと、手にした出席簿でぱしんと相原の頭をはたいた。

「没収！」

「ハイ」

「理科準備室で器具の棚の掃除。普通は停学だからな。今回だけだ」

「ハイ」

素直に返事をする。

手伝い程度の罰だけで見逃してくれるというのは、破格の条件だった。もしかしたら、北村は何かを察してくれたのかもしれない。

ともあれ、川上の部活動停止は免《まぬが》れた。胸を撫《な》で下ろしてそっと彼女を見ると、今にも泣き出しそうな顔をしていた。

夕日のせいではなく、顔が赤い。

処罰を免れて安心したせいでも、相原への申し訳なさからでもなかった。表情を見た瞬間に、それがわかった。

（ああ、……そうか）

彼女は、北村が好きなのだ。


理科準備室へ行くのかと思っていたら、「ちょっとつきあえ」と言われて連れて行かれた先は外の喫煙所だった。昔は校舎の裏にあったらしいが、今は学校の敷地の外、駐車場のさらに向こうにある。

灰皿の置いてあるコーナーから数歩分離れたところに立たされ、「こっち来るなよ」と釘《くぎ》を刺される。受動喫煙を気にするならこんなところに生徒を連れて来なければいいのに、と思いながらも大人しく従った。

北村は灰皿のすぐ横に立ち、相原から——本当は川上から——没収した煙草を一本抜いて火をつける。

悔しいが、うつむき気味になってくわえた煙草にライターの火を近づける仕草は、大人の男という感じがして、かっこよく見えた。

煙草の先端に赤がちらつく。

北村が、上を向いて煙《けむり》を吐き出した。

「バレバレだっての。おまえ煙草吸わないだろ」

自分の吐いた煙がのぼっていくのを目で追うようにして、相原とは目線を合わせないままで言う。

見抜かれていた。

自分のものだと言った、あの言葉が嘘《うそ》だと知られているなら、あの場面で相原が誰をかばったのかも、当然わかってしまっているだろう。

「……没収品吸ってもいいわけ」

「これはもともと俺の煙草」

教室に忘れたんだよ、と、また一口吸って、煙を吐いた。

それで相原は、川上が「盗んでしまった」ものが何かを悟る。

彼女がそれを持ち歩き続けていた理由も、「返そうと思って」あの場で取り出した理由も。

好きな人の忘れ物を、それも、誰にも言えない、きっと告白もできない、ただ好きでいるしかない相手の持ち物を、つい手にとってしまった気持ちは、理解できた。

不思議と、動揺はない。

自分が知ってしまった彼女の秘密は、これでもう三つ目だな、とぼんやり思った。

秘密を知った人間は、知られた人間より優位に立つことになる。人に話すつもりはないとどれだけ相原が誓っても、本当の意味で川上と対等にはなれないだろう。

これから先、もしも親しくなれたとしても、彼女の側には常に、弱みを握られているような意識が残ってしまう。

それを払拭《ふっしょく》して、同じラインに立って、ゼロから自分を見てもらうためには、自分の弱み、自分の秘密も、川上に開示するしかなかった。

たとえば、小学二年生のときにおねしょをしたことがあるとか、先月の古文のテストで二十点をとってしまったこととか、中学生のとき初恋の女の子を想って詩を書いたことがあるとか――。

(俺は、川上のことが好きかもしれないとか)

玉砕するとわかっていての告白だからこそ意味がある。

一度砕けて、ゼロにして、それでようやく、始められるのだ。

相原はひそかに、覚悟を決めた。

そうすると何か、吹っ切れた気がした。

北村はどこまで気づいているのか、相原を立たせたまま、ただ黙って煙草を吸っている。

半分の長さになったあたりで、煙草を口から外して言った。

「棚の掃除はちゃんとやれよ。でも明日でいい。今日はもう帰れ」

「え……でも」

北村が無言で顎をしゃくってみせる。

その先に、二人分の鞄を持った川上が、所在無げに立っていた。

＊＊＊

最近常連になっていたあの男子高校生は、今日は来ないようだ。

悩みが解決したか、もしくは、喫茶店のマスターに話をするより実効性のある解決法を見つけたのか。いずれにしても、次に来てくれるときにはただコーヒーや軽食を楽しむためだといい。

喫茶店キルヒェのマスター進藤真幸は、クロスをしぼりながら、そんなことを考えた。

閉店時間まではまだ間があるが、最後の客が帰って三十分ほどがたっている。今日はもうおしまいかもしれない。

客の座る席側へ回ってカウンターを拭きながら、一度だけそこに座った女子高校生のことを思い出した。

片思いの相手が教室に忘れていった煙草を、つい持ち帰ってしまった。そう告白した彼女は、どうしただろうか。どうやら常連の男子高校生の悩みの元でもあったようだから、そのうち、二人でまた来てくれるといいが。

そんなことを考えていると、から、とベルの鳴る音とともにドアが開き、おそらくは本日最後であろう客が入ってきた。二十代後半に見える男性客が一人。初めて見る顔だ。

いらっしゃいませ、と声をかけると、彼は軽く会釈を返し、迷わずカウンターの右端の席に座る。

「アルコールは置いてないよな」

「アイリッシュコーヒーなら」

「甘いのはな……じゃあ、ブレンドを一つ」

「はい」

粉を挽《ひ》き、ネルフィルターを用意する。男は黙ってそれを、カウンターの向こうから眺めていた。

　上着のポケットから煙草とライターを取り出したが、カウンターやテーブルの上に灰皿がないことに気づいたらしく、そのままポケットに戻す。セブンスターだった。

「常連じゃない客の告白も、聞いてくれるのか？」

「喫茶店ですから。どなたにどんなお話をしていただいても結構ですよ」

　時間をかけて抽出《ちゅうしゅつ》したネルドリップのコーヒーを、男の前に置く。

　男は砂糖もミルクも入れないまま、カップに口をつけ、うまいな、と言った。

　他には誰もいない店内。

　カップをソーサーに置く音までが、はっきりと聞こえる。

「俺は教師なんだけど、」

　男が口を開いた。

「十も年下の教え子とつきあってる」

　顔をあげ、こちらを向いた。カウンターごしに目が合う。

「相手は未成年だ。不適切な関係だということは理解してる」

　見ず知らずの相手とはいえ、かなりリスクの高い告白だ。

　冗談かと思ったが、男の目は真剣だった。

そのまま視線を逸らさず、はっきりした声で彼は続ける。

「生徒にあれこれ言ってるくせに、自分はやっちゃいけないことをしてる。こんな自分が、教師でいていいのかって悩んでる」

罪の意識を感じている人間の顔ではなかった。

しかし、彼からはある種の、覚悟のようなものが感じられた。冷やかしなどではないとわかったから、進藤も、はぐらかさないことにした。

使用済みのフィルターを水につけていた手を止め、まっすぐに男を見つめ返す。

そして言った。

「嘘でしょう」

男が虚を突かれた顔をした。

自然と、口元に笑みが浮かぶ。

「生徒さんたちが私に秘密を告白していると聞いて、心配していらしたんでしょう」

自らショッキングな秘密を告白してみせたのも、進藤の反応を見るためだ。おそらくはその後で、他にどんな秘密が告白されたのか、聞き出すつもりだったのだろう。進藤が口を割るかどうか、試すつもりだった。

本当に彼らの秘密が守られるのか、確かめるためだ。

「いい先生ですね」

進藤に笑顔を向けられ、男は居心地悪そうに目を逸らした。

「……なんでわかった？」

「毎日、人を見ていますから。それに」

視線を手元へ落とし、フィルターの清掃作業に戻る。

なんでもないことを言うときの口調で、さらりと、手を動かしながら言った。

「してはいけない恋なんてありますか？」

男がこちらを見た気配がした。

素直な反応に微笑ましくなる。

「世間が許さないだけでしょう」

顔をあげると、驚いた顔の彼と目が合った。微笑んで続ける。

「でも、そもそも恋愛って、世間に許してもらうものでもないでしょう？」

男は笑おうとしたようだったが、結果的に目元と口元を引きつらせたなんともいえない表情になり、お冷やのグラスのふちを親指と中指でなぞった。

そして、乾いた声で言う。

「……ずいぶん経験値高そーね、若いのに」

「色々なお客様がいらっしゃいますので」

男はあきらめたようにため息をつき、まるで酒でも飲むようにぐいと冷たい水を飲み干した。

それから、カップを手にとる。コーヒーは最後まで飲んでいくつもりのようだ。

「キルヒェって、ドイツ語？」

「はい」

「教会って意味だろ」

「よくご存じですね」

カップに口をつけ、もう熱くはないだろうコーヒーをすすりながら、

「ここに来て懺悔《ざんげ》すれば、なんでも許してくれるって意味？」

探るように目だけをあげて進藤を見る。

進藤は笑って首を振った。

「まさか。そんなおこがましいことは考えていません。ただ、語感が可愛いと思っただけですよ」

否定した後で、ふと思いついて、「ああ、でも」と言葉をつなぐ。

「でも、もしここが、すべてを許される場所だとしたら……」

自分には、許してほしい罪があっただろうか。誰かに聞いてほしいこと、告白したい秘密が。

言いかけて、男がじっとこちらを見ているのに気づいた。

「——いえ。なんでもありません」

もう一度笑みを浮かべて、口を閉じる。

目線を洗い桶《おけ》の中へと落とした。

布フィルターは手入れが大切だ。丁寧に粉を取り除き、水につけ、洗剤を使わずに揉《も》み洗いをする。

もう、何も考えなくてもできる作業だった。

淡々と手を動かす進藤を、男は少しの間無言で眺める。

「試すようなことしといて何だけど、あんたはさ、平気なの。客の秘密とか懺悔とか、そういうの重くないの」

コーヒーを半分ほど飲んだところで、低い声で男が言った。

客用の笑みを浮かべてはぐらかす。

「聞いているだけですから」

「あんただってさ、誰かに話したいとか許されたいとか、思うことあるんじゃないの」

「……どうでしょうね」

進藤が言いかけて言わなかったことを、男は気にしているようだった。単なる好奇心からではなく、進藤のことを心配しているように見えた。世話焼きな性格らしい。教師という職業柄かもしれない。

好ましく思って、洗い桶から目線をあげる。

「安心しているのかもしれません。自分だけじゃないんだって」

にこりと、今度は作り笑いではなく微笑んで言った。

「だから、私にとってはむしろ、救われたいと願う人の告白を受けることが、救いなのかもしれませんね」

「……そうか」

進藤がこれ以上自分の話をするつもりがないのを、感じとったらしい。男はふっと息を吐いた。

「疑って悪かった」

「いえ」

会話はそこで終わる。

コーヒーを残さず飲んで、男は出て行った。

ちょうど閉店時間だった。

空のコーヒーカップを洗い場へ運び、店の入口にかかったプレートを裏返す。

洗い物を始めようとしたそのとき、携帯電話が鳴った。

長く帰っていない、故郷の叔母《おば》からだ。従妹《いとこ》の結婚式の招待状を送った、という話だった。久しぶり、という挨拶から始まり、不義理をしていることを詫《わ》びる。

「結婚式、もちろん出席するよ。姉さんは、仕事が忙しいみたいで、わからないけど。うん、伝えておく。本当に、おめでとう」

当たり障りのない話の後、従妹への祝いの言葉を繰り返して、通話を終えた。

携帯電話をしまって、進藤は、シャツの袖《そで》をまくり直し、洗い物を始める。

慎重にカップを洗いながら、叔母からの電話の内容を、彼女にどう伝えようかと考えた。

気のいい叔母は、何も知らない。

洗い物や掃除を済ませ、エプロンをとって帰り支度をしていると、からからとドアベルが鳴った。

閉店を示すプレートがかかっているのにドアを開ける人間の、心当たりは一人だけだ。

思ったとおり、エコバッグを提げた彼女が、笑顔で入ってくる。

「仕事早く終わった！　先方の都合で納期が延びたの。夕飯の買い物してきたよ」

進藤は乾いたタオルで手を拭き、カウンターの外へ出た。

彼女がこうして笑っていてくれること。二人の家に帰って、向かい合って食事をして、一緒に眠ること。当たり前のように一緒にいられること。その幸せのためなら他の何を捨ててもよかった。だから数年前、進藤は彼女の手をとった。

知り合いのいないこの町へ二人で来てから、彼女を姉と呼んだことは一度もない。

「お疲れさま。じゃあ、今日は二人で作ろうか？」

進藤は二人分の食材の詰まったエコバッグを引き受けて、愛しい人に笑顔を向けた。

浮島　イルフロッタント

小川 糸

■小川　糸（おがわ・いと）
２００８年『食堂かたつむり』でデビュー。以降数多くの作品が翻訳され、様々な国で出版されている。『ツバキ文具店』『キラキラ共和国』のノミネートに続き『ライオンのおやつ』は２０２０年本屋大賞２位に。その他著書に『喋々喃々』『ファミリーツリー』『リボン』『ミ・ト・ン』『とわの庭』『小鳥とリムジン』などがある。

イルフロッタントというお菓子をご存じですか？

イルとは、フランス語で島、フロッタントは浮いている、という意味なんだそうです。だから、イルフロッタントゆうのは、浮島のこと。カスタードクリームにふわっふわのメレンゲを浮かせたそういう名前のお菓子が、フランスに実際にあるんです。

わたしがここでナカマ茶屋を始めてから、かれこれ四半世紀くらいになるでしょうか？　正確な数字は、忘れてしまいました。

わたし、ここでツレが来るのを待ってるんですよ。

ツレの好物が、イルフロッタント、ゆうハイカラなお菓子でした。

ただじーっと待っているのも手持ち無沙汰《ぶさた》ゆうか、退屈極まりないし、それでお茶屋を開くことにしたんです。

ここは「中間生」ゆう、場所ゆうか空間にあるんですけど、中間生のチュウカンを訓読みすると、ナカマでしょ。それで、ナカマ茶屋って名前にしたんです。そうなんですよ、うちのお茶屋、ちょっと変わった場所にあるんです。

うちのツレ、今思い出しても、ほんま、けったいな人でした。

とにかく、牛乳が大好きなんです。

一日に、ひとパックも飲むんですよ、ひとパック。

育ち盛りの子どもやあるまいし、もういい加減卒業したらええのに、寝ても覚めても牛乳、牛乳。そのくせ、困ったことにお腹をすぐに壊すんです。それでも、牛乳、やめはらへん。

ご飯とお味噌汁《みそしる》に牛乳、そんなんは当たり前でした。お酒は全く飲めへんさかい、それはありがたかったんやけどね、買ってきたお寿司《すし》を家で食べるのにも牛乳よこせ、天ぷら食べるのにも牛乳出せゆうて、もう見てるだけで気色悪うなるんです。まぁ、途中から慣れましたけど。

初めて男女の仲になって結ばれた時も、事が終わってすぐ、冷蔵庫から牛乳出してきて、

「やっぱりこれの後の冷たい牛乳は最高やなぁ」

なんて言いながら、コップにも移さんと、パックにそのまま口つけてぐびぐび美味《おい》しそうに飲んだはりました。

何か食べたいものある？　って聞くと、まず口に出るのが、クリームシチュウでしょう。わたし、前の人生で何回あの人にクリームシチュウ作ったかわからへんくらい、クリームシチュウばっかり、作ってましたよ。しかもあの人、わたしがせっかくルウから手作りしても喜ばんと、市販のルウの方が美味しい言うんですよ。こっちとしては、憎たらしいですけどね。まぁ、それも途中から慣れましたけど。

あら、新しいお客さん、来はりましたんで、ちょっと失礼します。

「いらっしゃいませ」

わたしは、いっぺん必ず暖簾《のれん》から顔を出して、その人の顔ゆうか光を見ることにしてるんです。第一印象って、大事ですし。

ここの茶屋に寄り道せず、まーっすぐ天に向かって猪突《ちょとつ》猛進できるヒミコさんは、幸せな人生を歩まはったお人です。

あ、ヒミコって？　えーっと、漢字で書くと、お日様の「日」に「御」に「子」。わたしら、みーんな、お日様の子ぉですから。光の魂になった人は、みーんなヒミコさんって呼んでます。

ここに立ち寄らへんヒミコさんは、最後に、自分の食べたいもの、ちゃんと食べて来はった人たちです。最後に何を食べて人生を終えるかゆうんはその人の生き様の総括ですからねぇ、意外に大事なんです。

でもね、みんながみんな、自分の食べたいものを口にして旅立てるわけではないんですよ。

まぁ、最後に旅館みたいな朝ご飯食べたい、ゆう人は多いって聞きますけどね、実際問題として、旅館みたいな朝ご飯を食べて旅立てる人は少ないですねえ。残念ですけど。

朝ご飯しっかり食べて旅立つには、元気で死なんと、実現しませんでしょ。よっぽどいろんな条件が噛《か》み合わないと、そういう理想的な最後の食事はね、なかなか難しいんです。

そやから、大抵の人は、最後に不本意なものを口にして、旅立ってきはったんです。

でも、食べ物の恨みゆうか、執着ゆうか、まぁ、心残りゆうんですかね、それって結構、後々まで魂にも響くんですよ。そやから、そういう不本意な食べ物で人生を終えてしまったヒミコさんに、わたし、理想の食べ物をね、ここのお茶屋でお出しするようにしてるんです。

ここやと、まだヒミコさんの味覚と嗅覚の名残《なごり》みたいなんが、残ってるんです。これよりもっと上に行かはると、光になってしまいますからね。この場所なら、ギリギリそれができる。聴覚と視覚は、まだ別のやり方で使えますけど。それで、その人たちから、お礼にポイントをいただくゆうシステムなんです。

わたしね、自慢やないけど、前の人生で、悪いこと、ぎょうさんしてきました。あんまり人に言いふらしたくはないですけど、人殺しも、やってます。せっかくわたしのとこに来てくれた赤ん坊、産んであげなかったのは、人をひとり殺《あや》めたのと同じですから。

他にも、嘘《うそ》ついたり、人を傷つけたり、結果的に相手を騙《だま》したりね、そりゃ、いろーんな悪事を、働いてきたんですよ。生きてる時は、そんなん、なんとも思ってなかったですけど。

死んでから、自分の過ちに気づいて青ざめたゆうわけなんです。そんな女に、見えへんかもしれませんけど。ふふふ、こう見えて、結構悪い女なんですよ。

そやから、ここにお茶屋さん開いて、ひとつでもふたつでも、功徳を積むゆうんですか、要するに、ええ行いをして、ポイントを貯めてるんです。ほいでポイント貯めながら、あの人がこっち来るのんを待ってるんです。

入り口のショーケースに飾ってあるのは、お団子と、お結びです。それから、お水も。

お水なんて、なんで？　って思うかもしれませんけど、お水をお腹いっぱい飲みたいのに飲めへんかったゆうヒミコさん、結構いはるんですわ。それに、魂はお水でできてるゆう人もいはりますし。水は、身体《からだ》が死ぬ前も死んだ後も、ずーっと重要なんです。

「えーっと、何にしますか？」

わたしは、席についたヒミコさんに聞きました。

日本で生まれ育ったヒミコさんやったら、断然、お団子とお結びが人気なんやけどねぇ、これがフランスあたりになったら、クロワッサンとかカフェオレになるんやろか？　アメリカの人やったら、ハンバーガーとか？　そう思うと、おかしいですね。

「茹《ゆ》で卵、お願いできますか？」

遠慮がちに、ヒミコさんが尋ねます。

だいたいね、ヒミコさんの顔ゆうか、光の輝き方を見ると、その人のポイントがどのくらい貯まってて、これまでにどういう生き方してきはったんか、なんとなーくわかるもんなんですよ。でもって、この茹で卵のヒミコさん、残念ながら、まだまだ発展途上ゆう感じがします。それでも、ヒミコさんはヒミコさんですから、わたしも精一杯、お世話させていただくんです。

「茹で卵？　どんな具合に茹でましょか？」

わたしが質問すると、

「卵は常温に戻して、お湯が沸いてから8分40秒、茹でてください。それと、茹でる前、卵の殻を軽くスプーンで叩《たた》いて皹《ひび》を入れておくと、茹でてから殻が剝《む》きやすくなります」

ヒミコさんが、ボソボソッとした口調で教えてくれました。

「茹で卵、随分とお詳しいようですね」

冷蔵庫から卵を出しながらわたしが言うと、ヒミコさん、嬉《うれ》しそうに笑わはって、

「毎日、自分で作って食べてたんで」

懐かしそうに、言わはる。それから、

「でも、最後は喉《のど》に詰まって呼吸ができなくなるから絶対にダメだ、って医者に言われてしまって、食べさせてもらえなかったんです」

名残惜しそうな声でつぶやきました。

「そうでしたか。でも、これからご用意しますから。ちょっとお時間いただきますけど、そのへんでのんびり、待っててください」

わたしは言いました。

本棚には、天国のガイドブックなんかが置いてあります。それに、ここは山の中腹にあって景色がいいんですよ。いろんなものが、よう見えます。この界隈《かいわい》で亡くなった人たちの霊は、一度この山に集まって、この頂上から天にのぼるって言われてます。

茹で卵に限らずね、卵をリクエストするヒミコさん、結構いはります。オムレツとか、卵かけご飯とか、卵焼きとかね。イクラ丼も、あれもまぁお魚ですけど、一応卵ですし。タラコもか。白子《しらこ》はちゃいますけど。

わたしは、さっきヒミコさんに教えられた通り、スプーンの背をコツンと卵の殻に当てました。力加減が難しいけど、きっとこれくらいでいいだろうと思って。それから、お湯を沸かして、卵をそぉっと沈めます。

ゴロンゴロン、ゴロンゴロン。

沸き立つお湯の中で、白い卵が右に左に転がっています。

ストップウォッチが8分を過ぎるあたりから待ち構え、その後30秒間、じっと微動だにせず卵だけに集中し、8分40秒ちょうどにお湯から卵を取り出しました。すぐに水を張ったボウルに卵を沈め、粗熱を取ります。

確かに、あらかじめスプーンで皹をつけてあったので、殻がスルッときれいに剝けて気持ちがいいもんですねぇ。そんな裏技、長年ここでお茶屋をやってきましたけど、初めてです。わたしが知っている卵の茹で方は、水から茹でるっていうごくごく普通のやり方でしたから。

包丁でふたつに割ろうとしたところで、ヒミコさんに止められました。

「自分の手で、割らせてもらっていいですか？　いつも、そうしていましたから。茹で卵は、包丁を使うより、手でふたつにした方が、ずっと美味しいんで」

わたしは、小皿に真っ白な茹で卵をのせ、ヒミコさんの前に差し出しました。

「いただきます」

ヒミコさんが、茹で卵に手を伸ばします。

まるで赤ん坊を扱うような手つきで、ゆっくりと半分に割ると、中から、綺麗《きれい》な色の黄身が現れました。

「まぁ！」

あまりの美しさに、わたしは歓声を上げながら、茹で卵を覗《のぞ》き込みます。

「そうです、これなんですよ、この色。中心部分にほんのり半熟状態が残っているのが、理想的なんです。この茹で卵は、まさにそれです。完璧です」

あまりの褒められっぷりに、わたしは恐縮してしまったのなんの。

たかが茹で卵ひとつで、こんなにも人は笑顔になれるんですねぇ。そのことを、目の前のヒミコさんから教えてもらいました。

喜んだのが良かったんでしょうね。ヒミコさんの輝きが、さっきよりも少し増して見えます。

「どうぞ、美味しいうちに、召し上がってください。何か、お塩とか、マヨネーズとかご用意しましょうか？」

わたしは、ふと思いついて言いました。

というのも最近、マヨネーズ味のものが食べたいゆうヒミコさんが、増えてるんです。それを言うのは、大抵、男の人ですけどね。こないだ来たヒミコさんは、冷やし中華にマヨネーズをかけて食べたいって言わはるし、その前はやっぱり男のヒミコさんで、おでんを所望されたんですけどね。そのヒミコさん、おでんとマヨネーズの組み合わせがたまらないんだって、涙を流さんばかりの勢いで食べて行かはりました。

なんとなく、このヒミコさんはマヨネーズと答えるんやないかと予想したんやけど、見事に外れました。

「塩と醬油《しょうゆ》、両方いただいてもいいですか？」

目の前のヒミコさんが、遠慮がちに言います。

「塩をかけて食べるのも、醬油をかけて食べるのも、どっちも好きだったんです」

「もちろんです。すぐに、両方ご用意します」

わたしは急いで塩と醬油を出してきて、ヒミコさんの前にセットしました。

ペコリと頭を下げてから、ヒミコさんは半分に手でわった茹で卵をヒョイッと口に含んで、咀嚼《そしゃく》します。まずは、塩で。それから醬油を垂らして。目を閉じて、それはそれは至福の表情で召し上がっています。

「お茶か何か、お出ししましょうか？」

口の中がモゾモゾするのではないかと心配になり、ヒミコさんに尋ねると、

「結構です。これで、思い残すことなく、あの世に旅立てます」

ヒミコさんが、キッパリとした口調で言いました。

「ご馳走様《ちそうさま》でした」

ヒミコさんが席を立ちます。それから、入り口に置いてあるわたしの貯金箱に、ポイントを入れてくれました。

「おおきに」

わたしは暖簾から顔を出して、ヒミコさんの背中に声をかけます。これで、ヒミコさんのカルマがひとつ減り、わたしの徳がひとつ増える。一石二鳥、ゆうわけです。

こんなふうにして、わたしはツレが来るのを待ってるんです。

とどのつまり、わたし自身、いまだに成仏できんと中間生の麓《ふもと》をうろちょろしている、往生際の悪いヒミコのはしくれゆうことです。

わたしの場合はというと、それは突然訪れました。

全く、予想もしていませんでした。

いつものように近所のスーパーへ買い物に行って、カゴに牛乳やら野菜やらトイレットペーパーやらを詰めて、家路を急いでいた時です。急いでいたと言いましたけど、実際はゆっくりゆっくり、自転車を漕《こ》いでたんです。青いお空が綺麗やなぁ、なんて見上げながら。

あの人は、会社にお勤めしていて、大体、決まって七時くらいになると帰ってくるんです。わたしたち、同棲《どうせい》してたんですよ。同棲して、一年ちょっとしか経ってなかったんやないやろか。

今夜はあの人に何を作って食べさせたげようかなぁ、なんて考えながら、でも面倒やしお肉屋さんのメンチカツとコロッケだけでええかなぁ、とか呑気《のんき》に思ってました。夏でしたから。貧乏やったしクーラーなんて当然あらへんし、晩ご飯の支度するのに、台所で火を使うのが、暑うて大変やったんです。あの頃のわたし、ものすごい汗っかきで。

その時、ぎゃーっていう叫び声が聞こえたんです。わたし、反射的に上を向いたんですよ。そしたら、何かがわたしに向かって落っこちてくるんです。あー、ぶつかるやん、と思った瞬間、視界が真っ暗になってね、それでおしまいです。

わたし、自分が死んだゆうことに、長い間気づきませんでした。

そやからその後も普通に、近所を自転車に乗って走ってました。早く家に帰って、晩ご飯の支度せな、ってそればっかり頭にあって、家の周りをぐるぐるするんですけどね、なぜかいっこうに家まで辿《たど》り着けないんです。

おかしいなぁ、おかしいなぁ、って思うんですけど。

でも、自分は普通に生きてるって信じ切ってるから、家に帰ろうとするんです。まさか、自分がすでに死んでるなんて、思いもしませんでしたよ。

わたしね、その日、家の冷蔵庫に、食後のデザートを作って、冷やしてあったんです。イルフロッタント。名前はややこしいけど、作り方はね、意外と簡単なんですよ。

主な材料は牛乳やし、他に卵とお砂糖さえあれば、本格的ではなくても、まぁそれなりのイルフロッタントができるんです。上に、冷蔵庫に入ってるブルーベリージャムをかけたりなんかして。

わたし、機嫌がいいとイルフロッタントを作りたくなって、そやからその日もきっと、なんや機嫌ようしてたんでしょうね。忘れちゃいましたけど。

あの人は、帰ってくると、まずお風呂が一番で、しかもいっしょに入るのが好きでねぇ。

正直、晩ご飯の支度とかしたいからひとりで先に入ってくれたら助かるんですけど、必ず、先に湯船に入ったあの人から、おーい、って呼ばれるから、わたしも、はーい、ゆうて調子に乗って答えて。

でもそのうち、やっぱりそれも慣れるんやね。逆にひとりで入るお風呂がつまらなくなってしもて、あの人とふたりで入る方が馴染んできてしもたんです。

お風呂の中やと、お姫様抱っこも、してもらえるしね。背中の洗いっこ、したりして。

そやから、あの人が帰ってきたら、まずはいっしょにお風呂に入って、それからちゃちゃっと晩ご飯を支度して食卓に並べて、食事が終わったらテレビのニュースでも見ながらデザートを食べる、ゆうのがいつもの流れやったんです。あの人、ご飯より甘いものの方が好きでしたから。ご飯はどうでも良くても、甘いものにはかなりうるさかったんです。

その日は、イルフロッタントを食べるつもりでした。そやからわたしは、いつになったら冷蔵庫のイルフロッタントが食べられるんやろう、ってそればっかり考えながら、自転車を走らせてました。早く食べんと、せっかく作ったイルフロッタントがあかんようになってしまうって。

ある日ね、その時も自転車で走ってたんですけど、偶然、あの人を見かけたんです。反対側の道端に、あの人がしゃがんでるんですよ。

あれ？　って思いました。そやかて、なんやちょっと髪の毛、薄くなったような気がして。前からそんなにふさふさやなかったですけど、それにしては急に薄なったなぁ、と思って。

でも、あの横顔は、間違いなくあの人やってわかりました。

「こんなとこで何してんの？」

わたし、自転車を止めてあの人に言ったんです。

でもあの人ゆうたら、しれっと無視して、花なんか手にしたりしてるんですよ。そやから、もっと大きい声で叫んだんです。それでも気づかへんから、もしかしてあの人、耳が遠くなったんやろか、と不安になって、信号の所まで行って反対側の道路に渡って、あの人の背中を、トントンって叩いたんですよ。それやのに、まだ無視するから、あの人、耳が聞こえなくなったか、認知症にでもなってしもたかな、って本気で心配になって。

それでね、家まで黙ってついて行ったんです。わたし、自転車を手で引いて。

家は、わたしと同棲していたのと同じ場所でした。そやからやっぱりわたし、この人はわたしのツレやって、確信しました。

そやけど、あの人がただいま、って玄関を開けて、びっくりしたのなんの。知らない女の人が出てきて、あの人ゆうたら、わたしが隣に立ってるのに、その女とチューしたんですよ、チュー。

何してんのあんた、ってハラワタが煮えくり返りそうになって。開いた口が、塞《ふさ》がらんようになりました。わたしの知らん間に、別の人とくっついてよろしくやってはったんですもん。ほんま、びっくり仰天でした。

そやけど、パッと部屋の奥を見たら、わたしの写真が飾ってあって。それ、どこからどう見ても、仏壇なんです。

わたし、自分の頭がおかしなってしもたんかと思いました。そやかて、わたしはここにいるのに、おかしいやないですか。

そしたらね、あの人が言うたんです。

「今日はあいつの三回忌やったから、現場に花を供えて来た」って。

それでわたし、えっ、もしかしてわたし、死んだんかも、ってそこでようやく気づいたんです。頭が真っ白けになりました。

それからしばらく、あの人の家に同居させてもろたんです。それでまた、色々とわかることがあって。

なんとね、あの人ゆうたら、わたしとは絶対に結婚はせーへんって抜かしてたのに、あの女とは正式に籍を入れてたんですよ。しかも理由がまた笑《わろ》てしまうんやけど、人はいつ死ぬかわからへんから、ですて。

あの人、若い頃に一度結婚に失敗してて、えらい目におうたみたいで、もう結婚だけは絶対に嫌やって、お経唱えるみたいに、真面目《まじめ》な顔して言うてたんですよ。それやのに、その考えを180度変えて、新しい女と新婚生活とやらを送ってたんです。

わたし、悔しくて悔しくてね。暑がりのその女には、クーラーまで買《こ》うてあげてたんが、ほんまにほんまに悔しくて。わたしかて暑うて暑うて、汗じゃぶじゃぶかいてたのにって、なんや胸の辺がキーッてなりました。

あんまり悔しいから、いっしょにお風呂入ったり、ふたりの間に無理くり割り込んで、三人で川の字になって寝たり、あれしてる最中にちょっかい出したり、嫌がらせをいっぱいしてやりました。そやけど、ふたりは、ほんま、仲良しやったの。

あの人は、毎朝、必ず仏様のお水かえて、お線香立てて、お祈りしてくれはるし。新妻さんも、頂き物のお菓子とか果物があると、まずはわたしにお供えしてくれたりしてね。ふたりとも、わたしのこと邪険にせんどころか、忘れんといてくれて、ほんまにほんまに優しいんですよ。たまに、わたしの話題でケラケラ笑ったりしてね。あの人が泣き笑いすると、新妻さんにもそれがうつって、ふたりで仲良う泣き笑いしてるんです。

よう考えたら、結婚もしてへんかったのに、あの人、わたしのためにお仏壇まで揃《そろ》えてくれたんです。

あの人、おっちょこちょいですぐに切符なくすし、人を簡単に信用してお金貸してはトンズラされたりとか、単純で泣き虫で、どうしようもない人やったけど、誰かを傷つけるよりは傷つけられる方がええ、誰かを騙すよりは騙される方がええって本気で思ってて、それをちゃーんと実行してて、なんや、憎めない人なんです。

トイレ掃除が大好きやし、道端に猫の死骸《しがい》でもあったら必ず新聞紙に包んであんじょうしてあげはるし、わたしにはできひんことを普通にできる人でした。

それに、あの人といっしょにならはった新妻さんも、涙もろくて、使わなくなった空き瓶とか空き缶使って、上手にお花育てたりしててね、とにかく根が優しいんです。ひとつ屋根の下で暮らすうちすっかり情が移って、憎めなくなってしまいました。

このふたり、ほんまにお似合いの夫婦やなぁ、なんてしみじみと感じる場面が多なって、やっぱり自分はお邪魔虫なんちゃうか、って思い始めて。ひとりで嫌がらせしてる自分が、なんや情けなくなってしもたんです。

そやかて、なんぼあの人のこと想ってても、あの人に抱いてもらえへんのが、辛くて辛くて。あの人、お布団の中ではめっちゃ男前で、女の人の抱き方、えらい上手やったの。かわいい、かわいい、どこもかしこもかわいくてしゃーない、お前は世界一かわいい、俺の宝や、ゆうて褒めてくれたんは、後にも先にもあの人だけです。まぁ、新妻さんにもおんなじこと、ゆうたはりましたけど。

それに、あの人、めっちゃ寂しがり屋なんです。

そやから、わたしがいーひんようになって、耐えられへんかったんやと思います。

あの人に、いつまでもメソメソ生きて欲しいかって言われたら、そんなことあらへん。そやかて、実際問題として、わたしはもうあの人を気持ちようしてあげることが、できひんのですもん。

なんや、ふーって気が抜けるみたいに、ある日、この人が幸せでいてくれるんやったら、もうそれでええやん、って諦《あきら》めがついたんです。

それでわたし、ひとまずその家を出て、途中までは成仏することにしたんです。なんぼなんでも、このままこの世に居座って地縛霊になるのは人様にご迷惑かけるし、自分でも地縛霊になるんは、やっぱし気がすすまへんしね。

でも、わたしはわたしで、あの人のことが好きやし、わたしの中ではまだ終わってへんし、そやからこうして、ここでね、あの人が来てくれるのを、待ってるんです。それで、イルフロッタントいっしょに食べて、ふたりで手繋《つな》いで天にのぼるんが、なんてゆうかわたしの夢ゆうかね、そうできたらええなぁ、って思ってるんですよ。

「どうぞどうぞ、よかったら中に入ってください」

さっきから気になってキョロキョロと中を覗き込んでいるヒミコさんに、わたしは声をかけました。どうやら、まだ迷いがあるみたいです。自分が最後口にしたものに満足してるのかどうか、思い出してはるのかもしれません。

ヒミコさんは、わたしと目が合うなり、ひといきに言いました。

「わたし、パンが食べたかったんです。焼き立ての、まだホカホカと湯気の立つフランスパン。そこに、バターをたーっぷりのせて、食べたかったんです」

「お望みは、叶えられたんですか?」

わたしが質問すると、ヒミコさんはしばらく考えはってから、いいえ、とだけ答えました。

「では、どうぞこちらにおかけになってください。これからご用意しますので」

「ありがとうございます」

ヒミコさんは、深々と頭を下げてから、俯《うつむ》きがちな様子でちょこんと椅子《いす》に腰かけました。もしかして、あまりいい旅立ちができなかったのかもしれません。

「最後、何を召し上がってこられたんですか?」

支度をしながら、さりげなくヒミコさんに尋ねます。ヒミコさんは浮かない表情で言いました。

「りんごジュースだったかしら。娘がね、すり下ろしてくれたんです。それはそれで美味しかったけど。でもわたし、最後に思いっきりがぶって、フランスパンにかぶりつきたかったの。それを、なんとか伝えようとしたんだけど、どうしてももう声が出せなくて」

「それは、不本意でしたねぇ」

わたしは、冷凍状態のパン生地を冷凍庫から出して、それをオーブンの中に入れました。その間に、バターを用意します。真っ白に近いような色の、極上の発酵バターです。

「もしありましたら、蜂蜜《はちみつ》もいいですか？」

向こうから、ヒミコさんの声が伸びてきます。

「もちろんです。蜂蜜もご用意しますね」

わたしは明るい声で言いました。パンの焼ける香ばしい匂いに、ヒミコさんの光が少しずつ元気を取り戻していくのがわかります。

「どうぞ、思いっきり、ガブッといってくださいな」

ヒミコさんの前に、焼き立てのフランスパンとバターと蜂蜜をセットしながら、わたしは言いました。

「わー、まさか死んでからこれを食べられるなんて！」

ヒミコさんは溌剌《はつらつ》とした声で言いました。それから、本当に口を大きく開けて、焼き立てのフランスパンに齧《かじ》りつきます。

「あぁぁぁぁぁぁぁぁ」

ヒミコさんの口元から、深々とした幸福のため息がこぼれました。しっとりと湿った、色っぽい声色です。

「やっとこれで、思い残すことなく、あの世へと旅立てます」

わたしにとっては、ヒミコさんにそう言ってもらえることが、何よりの報酬です。

「こちらこそ、おおきに」

「ところで、ここから先の道のりは、まだ長いのかしら？」

本来の元気を取り戻したヒミコさんが、山のてっぺんの方を仰ぎ見ながら質問しました。

「どうでしょうねぇ。でも、階段を一段ずつ上がるのが面倒でしたら、そこの横から、エレベーターで垂直にピューッと上がっていくこともできるみたいですよ。天国まで直通のエレベーターです」

「まぁ、それは便利」

ヒミコさんがニコニコと笑いながら答えます。

「では、お気をつけて」

わたしが手を振ると、ヒミコさんも手を振り返してくれました。

それにしても、死ぬ、ゆうんは、ほんま、謎《なぞ》だらけです。

そやかて、死んでも、死んでへんのやもん。確かに、身体の方は、動かせへんようになります。手を持ち上げようとしても、持ち上げられへんし、背中かこう思っても、かかれへん。でも、それは身体レベルの話であって、エネルギーの方は、死んだからって、少しも目減りしません。ほんま、不思議やなぁと思います。不思議やけど、でもそれが真実なんです。

わたし達、懐中電灯みたいなもんと違いますかね？

身体が死んでから、わたし、それに気づきました。だって、懐中電灯には、まず本体があって、その中に電池があって、初めて明かりがつきます。本体だけでも、電池だけでも、懐中電灯の役目は果たせへん。両方揃って、ようやっと懐中電灯として機能します。

人の身体も、同じ仕組みやないのかな、って思うんです。

わたしも、ここに来るヒミコさんも、みんな電池ゆうか、エネルギーだけの状態です。身体はもう機能せぇへんからあっちの世界に置いてきたけど、エネルギーは相変わらず、生きてるんです。

わたしもね、あっちの世界で生きてる時は、なんでどうせ死んでしまうのにわざわざ泣いたり笑ったりしながら生きてるんやろなぁ、面倒臭いなぁなんてぼやいたりしてましたけど、それはエネルギー体としての自分を切磋琢磨《せっさたくま》する以外の目的はなかったんですね。

わたしなんかは未熟者で、まだまだですけどね、経験を重ねて、魂を磨けば磨くほど、確実に神様に近づけるんです。そのことを、わたし、ある徳の高いヒミコさんから教えてもらいました。

そのヒミコさん、お餅《もち》が大好きで、最後はお餅を喉に詰まらせて死んでしまったらしいんです。でも、最後の詰まったお餅を吸い取られてしまって、それが心残りで心残りで、どうしてもやっぱり餅を食べるまではあの世に行きたくない、って、それでナカマ茶屋の暖簾くぐらはったんですよ。

そのヒミコさん、ほんまにおもろいお人で、わたし、お餅の準備しながら、ずーっと笑いっぱなしでした。こういう人が、近々神様に合流しはるんやなぁ、って、わたし、なんやちょっとだけこの世界の仕組みがわかった気がします。

わたしなんか、やり残したことばっかしやから、あと何回、生まれ変わったら卒業できるのか、わからへん。

でもね、わたし、卒業したくないんですよ。生まれ変わったら、またあの人と出会って、いっしょになって、イチャイチャしたりしたいんやもん。

もう、わたしは欲のかたまりなんです。あっちの世界に未練たらったらやし、成仏なんか、せんでもええって開き直ってます。まぁ、半分は冗談ですけど。ポイント貯めて徳は積みたいけど、あの世界から完全に足を洗うのも、なんや寂しいゆうか、名残惜しいゆうか。揺れ動く乙女心みたいなもんです。

ただ、最近心配なんは、あの人のことなんです。

なんや、あんまし具合がようないみたいなんです。

時々、新妻さんから、どうか助けてやって欲しいって、念みたいなんが送られてくるんです。

あの人が早よ死んで、こっちに来てくれたら、嬉しいような気ぃもするけど、でも、そしたら新妻さんひとりぼっちになってかわいそうやし、あの人かて、まだあっちの世界に留まっていたいのと違いますか。だから、わたしも一生懸命、あの人の病気が治るように応援はしてるんですけど、なかなかこれが一筋縄ではいかんのです。

ただ、ひとつだけ嬉しいことがあって、それは、わたしは永遠に若いままやゆうことです。もちろん、見た目だけの話ですけど。見た目って、案外大事やないですか？

あの人と死に別れた時、わたし、三十代やった。あの人はだいぶ年上やったし、それから四半世紀経ってるゆうことは、もう立派なおじいちゃんになったはるでしょ。

頭も、さすがにつるっぱげとちゃいますかね？　歯ぁやってよう磨かへんかったから、総入れ歯になってるかもわからんし。

でもわたしは、永遠の三十代。まぁ、ここでは年齢なんて、あってないようなものやけど。それでも、きれいな姿形のままでいられるゆうんは、決して悪いことではない気がします。

いつになるのかわかりませんけどね、その時が来たら、わたし、あの人を迎えに行ってあげようと思ってるんです。そやかて、あの人、寂しがり屋やから。また、新妻さんからわたしにバトンタッチです。絶対に、ひとりにはせぇへん、って決めてますの。

そうそう、わたしは、しょうもないもん食べて、結果的にはそれが最後のおやつになってしまったんです。えーっとね、なんやったかな。そやそや、もそもそっとした賞味期限切れのメロンパンやったわ。買うたこともすっかり忘れてて、お腹がすいてて他に何にもなかったから、まぁええかぁ、と思ってお昼に食べたんです。

それからちょこっと昼寝して、それで自転車で買い物に行ったんです。そこで、事故に遭いました。

人生、何が起きるか、本当にわかりません。こうなるってわかってたら、硬くなったまずいメロンパンなんて、最後口にしなかったんですけど。

そやけど、そんな自分の苦い経験があったから、この商い、思いつきました。

この場所でこんなに長く商売続けてられるんも、不本意な食べ物で人生を終える人がいはるからなんです。みんながみんな、あー、美味しかったわぁ、ごちそうさまでした、って人生を花丸印で終えられたら、商売、あがったりやもん。

そこんところは、まぁ、うまくできてるゆうことですね。

初出

青山美智子「サロンエプロン」……『季刊アスタ』ｖｏｌ．11
朱野帰子「痛い人生設計を作る、ルノアールで」……『季刊アスタ』ｖｏｌ．11
斎藤千輪「究極のホットケーキと紅茶占い」……WEB asta ２０２５年２月
竹岡葉月「不純喫茶まぁぶる」……WEB asta ２０２５年２月
織守きょうや「彼と彼女の秘密と彼」……WEB asta ２０２５年２月
小川糸「浮島　イルフロッタント」……『季刊アスタ』ｖｏｌ．１

泣きたい午後のご褒美

青山美智子　朱野帰子　斎藤千輪
竹岡葉月　織守きょうや　小川糸

2025年3月5日　第1刷発行
2025年4月6日　第3刷

発行者　加藤裕樹
発行所　株式会社ポプラ社
〒141-8210　東京都品川区西五反田3-5-8
JR目黒MARCビル12階
ホームページ　www.poplar.co.jp
フォーマットデザイン　bookwall
校正　株式会社円水社
印刷・製本　中央精版印刷株式会社

N.D.C.913/220p/15cm　ISBN978-4-591-18558-2

P8101512

ポプラ文庫好評既刊

眠れぬ夜のご褒美

標野凪
冬森灯
友井羊
八木沢里志
大沼紀子
近藤史恵

一日頑張ったあなたをいたわる、とっておきの「夜食」をどうぞ。想い人を待ち続ける駅で。終電を逃し、たどり着いた秘密の場所で。禁断のラーメンを食べに行く道中で。傷心旅行で訪れたいわくつきのペンションで。古い友人たちと定期的につどうファミレスで。「正しい食べもの」をつくり続けてきたキッチンで。おいしいものが大好きな作家陣が、「夜食」にまつわる人間ドラマを描く6篇を収録！

ポプラ文庫好評既刊

猫さえいれば、たいていのことはうまくいく。

荻原浩
石田祥
清水晴木
標野凪
若竹七海
山本幸久

遺産として猫を譲り受けた僕にもたらされたもの。究極の猫好き男性とのお見合いの顚末。不眠症気味の私が雨の夜に出会った黒猫。娘の頼みで自分と同じ年の老猫を飼うことになった女性の日々。猫たちがたむろし、「ジゴク棟」と呼ばれる団地で起きた事件。歴代猫社員が在籍し、さまざまな危機から社員を救ってきた会社の社史――いつでも自然体、自由気ままな猫たちに心満たされる温かな猫アンソロジー！